Anne Amrum

NORDSEE MORD

DIE KÜSTEN-KOMMISSARE

Das ist ein Kriminalroman und somit reine Fiktion. Sämtliche Personen und deren Handlungen sind frei erfunden. Ähnlichkeiten mit tatsächlich lebenden oder toten Personen (inklusive zufälliger Namensgleichheiten) und /oder Ereignissen sind nicht beabsichtigt und wären rein zufällig.

An dieser Stelle versichere ich, die Autorin, für die Darstellung und Erwähnung diverser gastronomischer, kultureller und touristischer Einrichtungen oder für die Verwendung von Markenbezeichnungen in diesem Buch keine Bezahlung oder anderweitige Zuwendung erhalten zu haben.

Aus dieser Reihe bisher erschienen:

Teil 1: "Nordsee Mord"
Teil 2: "Nordsee Hass"
Teil 3: "Nordsee Leid"
Teil 4: "Nordsee Gier"
Teil 5: "Nordsee Opfer"
Teil 6: "Nordsee Feuer"
Teil 7: "Nordsee Magd"
Teil 8: "Nordsee Lüge"
Teil 9: "Nordsee Spiel"
Teil 10: "Nordsee Angst"
Teil 11: "Nordsee Kälte"

Copyright © 2021 Anne Amrum
Alle Rechte vorbehalten.
ISBN: 9798521202584
Imprint: Independently published

Zum Meer gehören auch die Ufer

SONNTAG

1

»Das ist die Schobüller Seebrücke. Auch ein beliebtes Motiv. Alle Handys raus, meine Lieben!«

Gunnar Henkels streift sich die verschwitzten Hände an seiner Laufhose ab und nimmt bereitwillig das erste Mobiltelefon, das ihm entgegengestreckt wird. Er macht diese Lauftour mit seinen Touris fast jeden Tag. *Running-Experience* statt Walking-Tour – und zwar mit dem Chef vom Hotel Anker persönlich. Das ist Service ganz nah am Gast, und seine Gäste wissen das zu schätzen. Fast alle kommen wieder. Über mangelnden Umsatz kann er sich nicht beklagen.

Außerdem macht ihm das Laufen ebenso viel Spaß wie das Herumalbern mit den Gästen.

»Komm schon, Heiner, mach mal flach deine Kugel, das Foto willste ja nachher herzeigen!«, flachst er gut gelaunt.

»Klar! Auf Instagram lad ich das hoch. Damit alle sehen, wie ich mir hier im Urlaub die Hacken ablaufe!« Der übergewichtige Münchner mit der beginnenden Halbglatze ist schwer am Schnaufen.

»Rücken wir mal für ein Gruppenfoto zusammen«, schlägt eine Dreißigjährige mit sportlichem Pferdeschwanz vor und streckt Gunnar ihr iPhone entgegen.

»Mensch, Annette, muss das sein? Ich hab voll die

Schweißflecken«, motzt eine mollige Blondine.

Während Annette ihre Freundin unbarmherzig vor die Linse zerrt, geht Gunnar ein paar Schritte zurück, um sein Touri-Grüppchen so aufs Bild zu bekommen, dass die hölzerne Seebrücke, die weit ins Meer hineinragt, gut zu sehen ist.

»Jetzt alle mal *Cheese*!«

Die Gruppe lacht, und Gunnar macht ein paar Schnappschüsse, bevor er das Handy retourniert.

»So, meine Lieben, wer möchte noch ein Einzelfoto?«

»Ich«, ruft Annette und drückt ihm ihr Mobiltelefon gleich wieder in die Hand. »Ich hätte gern eine klassische Aufnahme. So mit Sonnenbrille und wehenden Haaren, genau am Geländer.«

»Du meinst wohl so 'n richtiges Bitch-Foto«, spöttelt ihre mollige Freundin und schürzt ihre Lippen zu einem Entenschnabel.

»Klar«, gibt Annette sofort zu und bringt ihre üppige Oberweite in Position. »Und die beiden Babys hier müssen auch groß ins Bild.«

Gunnar grinst und geht ein wenig in die Knie, um einen günstigen Winkel für die Aufnahme zu finden. Annette posiert, als ob die Chefredakteurin der Vogue persönlich die Bilder fürs Cover bestellt hätte, und der Hotelchef knipst, bis seine Oberschenkel brennen.

»So, Leute, weiter . . .« *Weiter gehts*, wollte er sagen, aber die Worte bleiben ihm im Hals stecken.

Seine Augen haben sich festgekrallt an einem dunklen Schatten, der im kniehohen Wasser unter der Wasseroberfläche hin und her schwappt. In Husum gebürtig und aufgewachsen, kennt Gunnar die Gegend hier wie seine

Westentasche. Jede Bucht, jeden Stein, jeden Steg. Dieser Schatten gehört nicht hier her.

Er strengt die Augen an, versucht zu fokussieren, und bevor der Kopf die Bilder verarbeiten kann, werden die Knie bereits weich wie Gummi. Seine Hände klammern sich wie von selbst an der Brüstung der Seebrücke fest und er japst nach Luft.

»Hey, Gunnar, alles okay?«

Annette tätschelt ihm freundschaftlich die Schulter.

Seine Augen fixieren immer noch den Schatten, der unaufhaltsam näher schwappt und nun deutlich als Körper erkennbar ist. Als schlanker, fast zierlicher Mädchenkörper, mit langen, wallenden blonden Haaren – und starren, gebrochenen Augen.

Als Annette seinem Blick folgt, stößt sie einen schrillen Schrei aus, der ihm durch Mark und Bein fährt.

2

Oberkommissarin Sophie Meerkatz tritt durch die hohen Flügeltore auf den Bahnhofsvorplatz. In jeder Hand einen Trolley kommt sie auf dem Kopfsteinpflaster nur langsam voran. Ihre Nackenmuskeln schmerzen von der langen Zugfahrt und das grelle Sonnenlicht bringt sie zum Blinzeln. Angestrengt mustert sie die Menschen um sich herum, doch die ältere Dame, die hier auf sie warten sollte, ist nicht dabei.

Stattdessen Fahrräder ohne Ende. Abgestellt auf eine Art, als ob ein Hurrikan sie in die Luft gehoben und wieder fallen gelassen hätte.

Scheint zum Stadtbild zu gehören, denkt Sophie, während sie beobachtet, mit welch einer Selbstverständlichkeit die Leute sich zwischen dem Blechsalat hindurchbewegen.

Sie seufzt, wirft einen Blick auf die Bahnhofsuhr und fischt ihr Handy aus der Handtasche. Nach dem zwanzigsten Klingeln gibt sie auf. Wahrscheinlich ist ihre Vermieterin, die versprochen hatte, sie mit dem Auto abzuholen, ohnehin gerade auf dem Weg. Hoffentlich.

Bisher machte sie jedenfalls einen verlässlichen Eindruck. Frau Eisrut ist über sechzig, allein lebend und Eigentümerin des Wohngebäudes gegenüber der Polizeistation; eine höfliche ältere Dame die davon lebt, Apartments zu vermieten. Aufgrund der guten Lage ist Sophie bei der Suche nach einer geeigneten Unterkunft auf sie aufmerksam geworden.

Aus dem Gastgarten der Bahnhofsgaststätte dringt schallendes Gelächter. Die meisten Tische sind belegt, aber der eine oder andere Platz ist noch frei.

Ein Kaffee nach der langen Reise ist jetzt sicher nicht verkehrt. Bestimmt wird Frau Eisrut in den nächsten Minuten eintreffen, ansonsten würde sie eben ein Taxi nehmen. Die Adresse hat sie ja.

Was sagt Alex immer? Genieße den Moment.

So schwer kann das nicht sein, mit einem Tässchen Kaffee im Sonnenschein.

3

Mit den beiden Rollkoffern an der Hand ist es gar nicht so einfach, das Polizeirevier zu betreten. Und schon gar nicht souverän und elegant. Was sie eigentlich vorhatte. Weil ein erster Eindruck ist nun mal ein erster Eindruck.

Gutgelaunt hat sie bereits abgehakt. Nachdem Sophie im Wohnhaus von Frau Eisrut schräg gegenüber vergeblich gegen verschlossene Türen gepocht hatte, nähert sich ihre Stimmung dem Nullpunkt.

Ob dieser Umzug ein Fehler war?

Im Eingangsbereich des Polizeireviers nimmt niemand Notiz von ihr. Vor der Treppe befindet sich jedoch ein Wegweiser, der ihr verrät, dass sich die Kriminalpolizei im ersten Stock befindet. Nachdem kein Aufzug in Sichtweite ist, packt sie kurz entschlossen ihre Trolleys und steigt die Treppe hoch.

Oben angekommen, stößt sie die moderne Glastür auf und schiebt sich ungelenk mit dem sperrigen Gepäck hindurch.

Die einzige Kriminalbeamtin im Raum, eine junge Blondine mit Pferdeschwanz, die khakifarbene Hosen im Military-Look trägt, beachtet sie nicht. Ihr Interesse gilt einem Mann in Radlerhosen, dessen Laune sich mit Sophies durchaus messen kann.

»Das ist doch eine Frechheit«, motzt er.

»Wo haben Sie es denn abgestellt, Ihr Rad?«

»Sagte ich doch – vor der Gaststätte.«

»Ja klar. Und vor welcher?«

»Irgendwas mit Tante und Jenny.«

»Tante Jenny?« Die Polizistin verdreht die Augen.

»Kann sein.«

»Hatten Sie es angekettet?«

»Nee, ich wollt doch bloß auf ein Bier . . .«

Sophie räuspert sich.

Die junge Frau wendet sich ihr zu. Ihr Blick bleibt an den beiden Trolleys hängen.

»Was wollen Sie? Wir sind kein Hotel.«

»Ich hoffte, Sie könnten mir eines empfehlen.«

»Sonst noch was?«

»Sorry. Sophie Meerkatz. Ich bin die neue Oberkommissarin hier. Also, ab morgen.« Sie streckt ihre Hand aus.

»Oh, ich bin Svenja Tades, frischgebackene Kommissarin. Ja, hmm . . . ich meine, willkommen! Weiß Hauptkommissar Thomsen schon, dass Sie da sind?«

»Nein, wir hatten morgen acht Uhr ausgemacht. Ich dachte, ich beziehe heute mein Apartment bei Frau Eisrut.«

»Ah, die Frau Eisrut. Die wohnt hier gleich gegenüber. Das ist eine ganz Liebe . . .«

»Wenn sie auftaucht«, unterbricht Sophie.

»Wie?«

»Tat sie nicht.«

»Ach, das ist ja . . .«

»Was ist nun mit meinem Rad?«, versucht der bestohlene Tourist, sich Gehör zu verschaffen.

Sophie ignoriert ihn.

»Wenn ich schon da bin, zeigen Sie mir doch gleich mein Büro.« Das wäre die Gelegenheit, endlich die beiden lästigen Koffer irgendwo zwischenzuparken.

»Hm, eigentlich hat nur der Hauptkommissar eines, also ein eigenes. Die Tür dort.« Kommissarin Tades deutet quer durch den Raum. »Jasper, also Kommissar Hinrichs und ich haben unsere Schreibtische hier, und da wäre auch . . .« Sie deutet auf einen dritten Schreibtisch, der so wirkt, als ob er nachträglich mitten in den Raum gepflanzt worden wäre.

Sophie zieht die Nase kraus. Neben der Tür zu Thomsens Büro entdeckt sie eine weitere.

»Was ist hier drin?«

Svenja Tades öffnet sie bereitwillig. »Unsere Rumpelkammer. Kopierer, Aktenschrank . . . Vorrat«, fügt sie entschuldigend hinzu, als sie merkt, dass Sophies Blick auf die sich stapelnden Getränkekästen fällt.

»Weitere Räume gibt es nicht?«

»Doch, natürlich.« Svenja durchquert dienstfertig das Großraumbüro, in dem der angesäuerte Tourist nun ungeduldig mit dem Fuß wippt.

»Mein Rad . . .«, beginnt er neuerlich.

Sophie schnappt sich im Vorbeigehen einen Zettel und einen Kugelschreiber von einem der Schreibtische und legt beides vor ihm ab.

»Sie schreiben inzwischen alles auf.«

Die weiteren Räume der Kripo bestehen aus einer Garderobe mit Dusche, zwei Toiletten, einer Kaffeeküche und einem Vernehmungszimmer.

Sophie strafft die Schultern, als sie in den Großraum zurückkehren. Mit festem Griff schiebt sie ihre beiden

Trolleys in den Kopierraum.

»Ich ziehe hier ein. Veranlassen Sie bitte, dass alles hier rauskommt und mein Schreibtisch rein.«

»Aber . . . aber . . . ich meine, da muss ich erst den Hauptkommissar . . .«

Verunsichert greift sie zum Telefon.

Sophie stellt sich ans Fenster und starrt hinaus. Seufzend zieht sie ihr Handy aus der Tasche. Zum siebzehnten Mal wählt sie die Nummer von Frau Eisrut. Während das Freizeichen monoton an ihr Ohr dröhnt, verflucht sie diesen Tag, die ganze Situation, ihr ganzes Leben.

Es ist ein Fehler gewesen, herzukommen.

»Er geht nicht ran.« Svenja schüttelt missmutig den Kopf, sodass der blonde Pferdeschwanz von einer Seite auf die andere fliegt.

»Frau Eisrut auch nicht.« Frustriert lässt sich Sophie auf einen der Besucherstühle sinken. »Haben Sie für mich vielleicht doch einen Tipp, wo ich heute Nacht schlafen könnte? Die Hotels hier in der Umgebung sind alle voll.« Das hat sie bereits herausgefunden.

Nachdem ihr niemand in Frau Eisruts Haus geöffnet hatte, versuchte sie nämlich, telefonisch ein Zimmer in einem der umliegenden Hotels zu buchen. Erfolglos.

Svenja dreht entschuldigend die Handflächen nach oben.

»Ja, ist nicht einfach. Wir haben Juli. Hochsaison. Aber ich kann ja mal . . .«

Das Telefon auf ihrem Tisch beginnt zu klingeln.

»Das ist sicher der Hauptkommissar. Gott sei Dank«, seufzt sie erleichtert und presst sich den Hörer ans Ohr. »Kriminalpolizei Husum, Kommissarin Tades. Was? Wo? Okay, ich notiere das. Ja, klar.«

Als sie wieder auflegt, ist ihr eine gewisse Irritation anzumerken.

»Im Watt wurde eine Leiche gefunden«, sagt sie und klingt dabei ein wenig geplättet.

Der Radfahrer bekommt sichtlich große Ohren. Während Svenja nun verzweifelt in die Tasten des Tischtelefons hämmert, um ihren Chef doch noch zu erreichen, schmeißt Sophie den Mann in den verschwitzten Radlerhosen raus.

»Sie sind hier fertig!«

»Aber . . .«

»Kein *aber*, wir melden uns.«

»Ich lasse mich doch hier nicht so . . .«

»Das ist mein letzter höflicher Versuch. Sie gehen freiwillig, oder ich bringe Sie raus. Das kann dann wehtun.«

»Ist ja schon gut, aber das wird ein Nachspiel haben! Ich werde mich beschweren, ich habe schließlich Rechte . . .«

Sophie schließt die Glastür hinter ihm mit einem Rums.

Der verzweifelte Blick ihrer neuen Kollegin spricht Bände.

»Der Hauptkommissar hebt immer noch nicht ab.«

Sophie schenkt ihr ein aufmunterndes Lächeln. »Dann beginne ich meinen Dienst eben jetzt. Bringen Sie mich zum Fundort.«

4

Hauptkommissar Rüdiger Thomsen streckt sich und blinzelt. Die Vase auf dem Nachtkästchen kommt ihm nicht bekannt vor. Auch das Nachtkästchen selbst nicht, und erst recht nicht die rosafarbenen Vorhänge, die leider zurückgezogen sind und das Sonnenlicht mit voller Kraft hereinlassen.

»Kaffee, Schätzchen?«, säuselt eine Stimme.

Ach, Scheiße. Erinnerungen bahnen sich ihren Weg in sein Bewusstsein. Allen voran jene an die volle Pulle Rotwein. Die *Pullen* Rotwein.

Eine üppige Blondine schiebt sich mit einem Frühstückstablett in sein Blickfeld. Ihr Lächeln spricht Bände. Eine zufriedene Löwin, die ihre Beute nicht nur erlegt, sondern auch über Nacht behalten hat.

Die Art und Weise, wie ihre Augen leuchten, macht ihm klar, dass er aus der Nummer nicht mehr so leicht herauskommt.

»Äh . . .« Instinktiv greift er zu seinem Diensthandy, das er gestern Abend – vermutlich nach der dritten Flasche Wein – abgedreht hat, und schaltet es wieder ein.

Sieben entgangene Anrufe. Alle vom Revier. Bevor er überhaupt die Möglichkeit hat, zurückzurufen, schellt das Gerät von Neuem los. *Svenja Tades Mobil* zeigt das Display.

Dich schickt der Himmel, denkt er und nimmt das Gespräch an.

»Svenja! Was gibts?«

Während er lauscht, zieht er entschuldigende Grimassen für die Blondgelockte, die immer noch mit dem liebevoll arrangierten Frühstück vor ihm steht.

»Alles klar. Ich komme sofort.«

* * *

Wie es der Zufall will, liegt die Wohnung seiner neuesten Eroberung nur wenige Fahrminuten vom Strandabschnitt der Schobüller Seebrücke entfernt. So kommt es, dass noch kein einziges Polizeiauto vor Ort ist, als er seinen Land Rover neben der kleinen Menschenansammlung parkt.

»Rüde!« Gunnar Henkels, der barfuß bis zu den Knien im Schlick steht, winkt aufgeregt. »Gut, dass du da bist.«

Thomsen steigt in eine dunkelgrüne wasserabweisende Latzhose und zieht Gummistiefel über. Dann schmeißt er die Wagentür zu und stapft dem Besitzer des Hotel Anker, mit dem er schon öfter segeln war, entgegen.

Henkels deutet hinaus aufs Meer. Die Aufregung über die makabere Entdeckung ist ihm deutlich anzusehen.

»Ich hab sie im Watt entdeckt. Hab sie ans Ufer gezogen, konnte aber nichts mehr für die arme Kleine tun.«

»Hmm . . .«

Thomsen beäugt das leblose Bündel im Schlamm. Aus der Nähe betrachtet ist nicht zu übersehen, wie jung sie ist. Vielleicht sechzehn oder siebzehn – von zarter Statur und vollständig bekleidet.

»Ich hab auch Dr. Emmermann verständigt, der macht doch für euch immer die Leichenschau, oder?«, sagt Henkels.

»Ja. Danke.«

Thomsens Blick hat sich an dem jungen Opfer festgesaugt. Die Haare des Mädchens trocknen bereits an der Sonne und schimmern golden. Er geht näher ran und betrachtet ihr Gesicht.

»Kennst du sie?«, fragt er den Hotelbesitzer.

Henkels schüttelt den Kopf.

»Sonst jemand?« Thomsen dreht seinen Kopf in Richtung der Gruppe, die neben seinem Auto steht.

»Nee. Sind alles Touris. Vom Anker. Waren mit mir auf Jogging-Tour.«

»Könnte ja sein, dass sie eine von denen ist. Touristen haben oft ihren Nachwuchs dabei.«

»Stimmt, könnte sein«, lenkt Henkels ein. »Aber von meiner Gruppe ist sie nicht. Die haben sie alle gesehen, und keiner hat sie erkannt.«

Zwei Fahrzeuge nähern sich mit hoher Geschwindigkeit und bremsen sich neben Thomsens Land Rover ein, dass es nur so staubt.

Aus dem schwarzen BMW steigt Dr. Emmermann, aus dem grauen Dienstwagen dahinter Kommissarin Svenja Tades, die von einer fremden Frau begleitet wird. Rötliche Locken wie frisch aus Irland importiert, Jeans und ein so knappes weißes T-Shirt, dass man an der Oberweite nicht vorbeisehen kann. Hoffentlich keine neue selbst ernannte Reporterin, das würde ihm gerade noch fehlen, denkt Thomsen und wendet sich dem Arzt zu.

Jener bleibt vor dem Schlick stehen.

»Bringt ihr sie her, oder soll ich mich umziehen?«

»Wir bringen sie hoch«, ruft Thomsen zurück.

Gemeinsam mit Henkels trägt er die junge Tote auf die angrenzende Wiese.

Dr. Aiko Emmermann klopft ihm zu Begrüßung auf die Schulter, bevor er sich über die Leiche beugt. »Moin Rüde.«

»Mach mal hinne«, brummt Thomsen, in erster Linie darum bemüht, die Mädchenleiche nicht allzu lang hier am Ufer liegenzulassen. »Das ist nicht die Art von Attraktion, die der Tourismusverband sich wünscht.«

»Logisch.« Emmermann nickt ihm zu.

»Gut. Was kannst du mir sagen?« Thomsen beugt sich neben dem Arzt über die Leiche, während er auf eine Antwort wartet.

Als er sich wieder aufrichtet, schaut er in die haselnussbraunen Augen der Rotgelockten.

»Das ist ein Tatort«, blafft er instinktiv. »Bitte bleiben Sie oben bei den anderen.«

Sie reicht ihm die Hand.

»Sophie Meerkatz. Ihre neue Oberkommissarin.«

Irritiert schüttelt er die dargebotene Hand.

»War das nicht morgen?«

»Richtig. So war der Plan. Hat sich anders ergeben.«

»Du warst nicht da, Chef, aber sie schon und da . . .«, stammelt Svenja, die zu dem Grüppchen rund um die Leiche hinzustößt.

»Ist ja schnuppe jetzt«, brummt Thomsen. Erleichtert, dass er sich nicht mit einer nervigen Reporterin rumschlagen muss, konzentriert er sich wieder auf den Leichenbeschauer.

»Und?«

»Nichts.« Emmermann zuckt mit den Schultern.

»Was nichts?«

»Nichts eben. Soweit ich sehen kann, hat sie keine gröberen Verletzungen. Ist wohl einfach ertrunken.«

»Du denkst an einen Unfall?«

»Ja. Oder . . .« Emmermanns Blick ist eindeutig. »Ich möchte sie hier nicht ausziehen. Wir bringen sie in die Klinik. In der Pathologie kann ich den Leichnam in Ruhe untersuchen. Dann kann ich dir mehr sagen. Auf den ersten Blick würde ich sagen, sie ist ins Wasser gegangen.«

Sophie wirft einen Blick auf das tote Mädchen mit den golden glänzenden Haaren. Der Ausdruck in ihrem Gesicht wirkt irgendwie entrückt. Beinahe glückselig. Aber davon lässt sie sich schon lange nicht mehr täuschen. Jede Leiche sieht so aus, wenn die Muskelspannung verloren geht.

»Sie denken an Selbstmord?«, fragt sie laut.

Der Leichenbeschauer richtet sich auf.

»Und Sie sind?«

Svenja beeilt sich, ihre neue Kollegin vorzustellen.

»Na denn, herzlich willkommen in Husum«, brummt er miesepetrig.

* * *

»Sie fahren nicht mit?«, fragt Sophie zutiefst erstaunt, als ihr neuer Chef dem Abtransport der Leiche entspannt hinterherwinkt.

»Mitfahren wozu?« Thomsen mustert sie irritiert.

»Nun, weil wir da Infos über das Opfer aus erster Hand .

. .«

»Sie haben Dr. Emmermann doch gehört. Das Mädchen ging ins Wasser.«

»Möglicherweise. Er sagte *möglicherweise* . . .«

»Richtig. Der Aiko sieht sich das jetzt ganz genau an, und wenn er der Meinung ist, es liegt ein Verbrechen vor, erfahren wir es als Erste. Also ich, denn Sie sind ja erst morgen im Dienst.«

Svenja sieht mit einem Lächeln zu ihrem Vorgesetzten auf. »Nun, genau genommen ich, Chef, denn du hast heute auch frei.«

»Richtig.« Thomsen schmunzelt und klopft seiner Mitarbeiterin auf die Schulter. »Dann gönn ich mir jetzt ein feines Pils. Wenn du mich brauchst, einfach klingeln.« Zur Veranschaulichung hält er sein Mobiltelefon hoch, während er zu seinem Land Rover zurückstapft.

* * *

Sophie klopft sich den Sand aus der Hose, bevor sie sich zu ihrer neuen Kollegin ins Auto setzt.

»Wo immer Dr. Emmermann die Leiche jetzt untersucht – ich will, dass Sie mich genau dort hinfahren!«

»Warum das denn? Es liegt vielleicht gar kein Verbrechen vor.«

»Mich interessiert, was mit diesem Mädchen passiert ist. Ich will es selbst sehen. Sind Sie denn gar nicht neugierig?«

»Okay«, gibt Svenja nach und verschweigt, dass sie den seltsam verdrehten Körper gar nicht richtig angeguckt hat.

Tote Kinder, und dazu gehören auch Jugendliche, sind ihre Schwäche. Aber als Kripobeamtin behält sie das lieber für sich.

Im Untergeschoss der Klinik liegt die Leiche des jungen Mädchens nackt auf einem der Seziertische. Der Raum ist kühl und steril und von einem unangenehmen Geruch erfüllt.
Dr. Emmermann spricht monoton in sein Diktafon.
Als Sophie, gefolgt von Svenja, an den Tisch tritt, sieht er auf.
»Was machen Sie denn hier?«
»Ich möchte wissen, was mit ihr passiert ist.«
»Sie ist ertrunken. Eindeutig. Sie hat keine Verletzungen.«
»Und was ist das?« Sophie deutet auf Abschürfungen an den Gliedmaßen.
»Das passiert, wenn eine Leiche im Meer treibt.«
Der Arzt faltet ein Tuch auseinander und breitet es über den Körper. Er deutet auf die Kleidung der Toten, die in einer durchsichtigen Plastiktüte auf dem Stuhl daneben liegt.
»Die könnt ihr dann gleich mitnehmen. Ausweis ist auch dabei.«
»Wann ist sie denn gestorben?«
»Mit aller gebotenen Vorsicht würde ich sagen, so um Mitternacht herum. Vielleicht zwischen elf und zwei. Aber das können Sie dann ohnehin in meinem Bericht nachlesen.« Er streift seine Handschuhe ab und wendet sich zum Gehen.
»Sie sind fertig?« Sophie kann die Überraschung in ihrer Stimme nicht verbergen.
»Ja.«

»Sie schneiden sie nicht auf?«
»Ich bin kein Rechtsmediziner.«
»Nicht? Was sind Sie dann?«
»Internist, und als solcher auch als Leichenbeschauer tätig. Ich stelle fest, ob Fremdeinwirkung vorliegt. Falls ja, wird eine Autopsie gemacht. Von einem Rechtsmediziner. Aber in diesem Fall . . .«

Sophie greift in die Plastiktüte und sieht sich die Kleidung des Mädchens genauer an. Eine Geldbörse liegt obenauf. Sie klappt sie auf und entnimmt einen Ausweis.

»Inga Löffen«, murmelt sie.

»Was?«, fährt Svenja plötzlich hoch. »Die Inga?«

Verstört wirft sie einen Blick auf das Mädchen.

»Sie kennen sie?«, fragt Sophie überrascht.

Svenja nickt betroffen. »Sie ist . . . war . . . 'ne Kita-Freundin von meiner kleinen Schwester.«

5

Diesmal geht Hauptkommissar Thomsen sofort an sein Handy, als Svenja ihn anruft. Mehr noch, er sagt bereitwillig zu, die Verständigung von Ingas Eltern zu übernehmen.

»Die Armen, die tun mir richtig leid«, meint Svenja mitfühlend, als sie Sophie von dem Telefonat erzählt.

»Bitte bringen Sie mich ebenfalls dorthin. Ich möchte dabei sein, wenn der Hauptkommissar mit den Angehörigen spricht.«

»Okay, wenn Sie das wollen . . .«

»Ist dieser Dr. Emmermann eigentlich immer so, oder kann er bloß mich nicht leiden?«, fragt Sophie, während sie auf die Hauptstraße Richtung Schobüll einbiegen.

»Nee, der is so. Bildet sich ordentlich was drauf ein, weil er mit dem Chef befreundet ist. Nehmen Sie es nicht persönlich.«

Eine Weile fahren sie schweigend weiter, bis Svenja plötzlich lauthals zu fluchen beginnt.

»Jetzt hab ich mich völlig verfahren! Das kommt davon, dass ich völlig durcheinander bin. Die ganze Zeit zerbreche ich mir den Kopf, wie ich das der Klara erklären soll.«

»Wer ist Klara?«

»Meine Schwester. Die beiden waren befreundet.«

»Stimmt, das haben Sie vorhin schon erwähnt. So richtige

beste Freundinnen?«

»Nein, das nicht. Aber trotzdem . . .« Svenja lässt den Satz in der Luft hängen und das Gespräch verstummt wieder.

Plötzlich blickt sie Sophie an, als ob sie gerade eine Erleuchtung gehabt hätte.

»Jaspers Mutti hat doch den Wohnwagenpark!«

»Wer ist jetzt Jasper?« Sophies Gedanken kreisen immer noch um das ertrunkene Mädchen und das bevorstehende Gespräch mit den Eltern.

»Unser Kollege. Jasper Hinrichs. Der hat heute auch frei.«

Sophie schaut auf und ringt sich ein entschuldigendes Lächeln ab. »Richtig. Kommissar Hinrichs.«

Ihre junge Kollegin nickt. »Ich kann seine Mutti fragen, ob sie auf ihrem Campingplatz einen Wohnwagen frei hätte. Also für heute Nacht. Bis Sie was Besseres finden.«

»Das wäre nett«, antwortet Sophie ohne jede Euphorie. *Ein Wohnwagen.* Räumlich minimiertes Wohnen, dicht an dicht mit blassen oder krebsroten Touristen. Was für ein Volltreffer!

Sie kommen als Erste beim Haus der Familie Löffen an und müssen fünf Minuten warten, bis Thomsen mit seinem Land Rover vorfährt.

Die Überraschung über ihr Auftauchen ist ihm anzumerken, und auch, dass sich seine Begeisterung über die Anwesenheit der neuen Kollegin in Grenzen hält.

»Ich komme mit«, stellt Sophie klar und fügt erklärend hinzu: »Ich möchte ein Gefühl für die Leute hier bekommen.«

Er verzieht das Gesicht, gibt sich jedoch geschlagen.

»In Ordnung.«

Gemeinsam gehen sie durch den Vorgarten auf das kleine Reetdach-Häuschen zu.

Die Frau, die ihnen auf ihr Klingeln hin öffnet, wirkt gestresst. Das ungepflegte blonde Haar hochgesteckt, die Kochschürze umgebunden.

»Ist es dringend? Ich hab was auf der Herdplatte.«

»Ja.« Thomsen kratzt sich verlegen am Hinterkopf. »Lassen Sie uns reinkommen.«

Verunsichert gibt die Frau die Tür frei. »Ist etwas mit Inga? Sie ist noch nicht wieder zurück.«

»Wo war sie denn?«, fragt Sophie schnell, bevor ihr neuer Vorgesetzter Ingas Mutter den Boden unter den Füßen wegziehen kann.

»Sie wollte gestern Abend noch zur Eske, ihrer Freundin, hat dann wohl auch bei ihr übernachtet. Das kommt öfter vor.«

Thomsen räuspert sich.

»Frau Löffen, wir haben Ihre Tochter gefunden. Im Watt bei der Schobüller Seebrücke. Sie ist tot. Mein aufrichtiges Beileid.«

Wie befürchtet, hat diese Nachricht eine verheerende Wirkung auf die blonde Frau in der fleckigen Schürze. Sophie stützt die Schwankende und geleitet sie zu einem Stuhl, auf dem sie sich zitternd niederlässt. Während Thomsen nun beruhigend auf sie einspricht, hat Sophie alle Hände voll damit zu tun, Ingas ältere Geschwister, die nicht mehr zu Hause wohnen, zu erreichen, sodass sie ihrer Mutter beistehen können. Außerdem dreht sie die Herdplatte ab.

Als Sophie wieder in den Vorgarten tritt, kommt ihr Svenja entgegen, die im Dienstwagen zurückblieb, um zu telefonieren.

»Die Ella, also Frau Hinrichs, hat tatsächlich einen Wohnwagen frei. Aber nur für ein paar Nächte. Und irgendwas ist mit dem Fernseher.«

»Egal. Super. Danke«, sagt Sophie, obwohl diese Art der Behausung das Allerletzte wäre, das sie sich freiwillig aussuchen würde. Das einzig Tröstliche an der Sache ist, dass sie nicht auf ihren Koffern im Büro übernachten muss.

6

»Gibt viele von denen hier, was?« Sophie bläst sich genervt eine Haarsträhne aus dem Gesicht.

Svenja zuckt mit den Schultern.

»Manchmal dauert es.«

Sie starren beide auf die Schafe, die dem Dienstwagen den Weg auf der schmalen Straße versperren.

Um sich abzulenken, checkt Sophie zum x-ten Mal die Nachrichten auf ihrem Handy. Natürlich gibt es nichts Neues. Sie trommelt mit den Fingern auf die Fensterscheibe. Schließlich steigt sie aus und lehnt sich von außen an die Autotür. Warum zum Geier hat sie das Rauchen aufgegeben? Seit sie hier im Norden angekommen ist, bereut sie diesen Entschluss ungefähr alle zwei Minuten.

Neues Leben. Neue Chance. Neues Glück.

Von wegen.

Gefangen in einem müffelnden Fahrzeug, das bereits in die Jahre gekommen ist und dem die Sonne unbarmherzig aufs Dach brennt, ist sie sich nicht mehr so sicher, ob sie nicht einfach bloß aus Berlin weggelaufen ist, um ihre Wunden zu lecken.

Frustriert klettert sie wieder zurück auf den Beifahrersitz.

»Wann geht sie unter?«

»Wer?« Svenjas hellblaue Augen sehen sie fragend an.

»Die Sonne.«

»So um zehn, aber nicht so richtig. Sie taucht den Himmel in ein traumhaftes Dunkelblau.«

Na, wenn das nicht für Husum spricht, denkt Sophie zynisch, zwingt sich, entspannt zu wirken und kippt ihre Rückenlehne in eine entspannte Liegeposition.

Eine halbe Stunde später zieht sie ihre beiden Trolleys an der Schranke, die zum Campingplatz gehört, vorbei.

Svenja und eine mollige Brünette, die sich bereits dem Pensionsalter nähert, liefern sich ein gestenreiches Wiedersehensritual.

»Ella Hinrichs«, stellt sich die Mollige schließlich vor. Sie geht Sophie nur bis zum Kinn, aber ihr Händedruck kann sich mit dem eines Wrestlers messen. »Willkommen an der Nordsee. Da hamse aber mal 'n Glück, dass der Fernseher kaputtgegangen ist. Weil deswegen ist der Schwabe ausgezogen. *Was das für 'n Urlaub sein soll, wenn er sei Fußball ned schaue kann*«, äfft sie ihn nach. »Dabei hatte er einen der wenigen Wohnwagen mit Dusche und WC.«

»Ja. Wahrlich. Ein Glück.« Sophie zieht die Mundwinkel bemüht nach oben.

Das zweite Mal tut sie das, als sie das Innere des Wohnwagens betritt. Das Ding klemmt ordentlich unter den Armen. Die Eckbank streitet sich mit dem Bett um das winzige bisschen Platz und die Küchenzeile . . . am besten, sie verwendet sie nicht.

»Einen Supermarkt gibt es auch. Gleich dort drüben.«

Sophie blickt aus dem Fenster und kann in der Entfernung tatsächlich ein Schild ausmachen, auf dem *Mini-Markt* steht.

»Und 'ne Strandbar.«

Ella Hinrichs strahlt vor Stolz und Sophie stemmt ein drittes Mal ihre Mundwinkel nach oben. Zumindest die Strandbar ist nicht verkehrt.

»Wo ist Jasper?«, fragt Svenja.

»Der renoviert eines der Boote. Magst ihn besuchen?«

»Nee, ich seh ihn morgen«, antwortet Svenja und verabschiedet sich anschließend von ihrer neuen Kollegin. »Eine angenehme erste Nacht hier im Norden. Ich hol Sie dann morgen um halb acht ab.«

»Danke.«

Sophie sieht den beiden Frauen hinterher, wie sie angeregt plappernd zwischen den Wohnwagen verschwinden.

Halleluja. Diese ganze Nordseegeschichte hatte sie sich nicht zu Ende überlegt. So eine verdammte Kacke aber auch.

Missmutig klettert sie in ihr Wohnmobil und inspiziert die Einrichtung ein zweites Mal. Hinter einem Türchen entdeckt sie die beengteste Dusche, die sie jemals gesehen hat. Die Aussicht, sie heute Abend ausprobieren zu müssen, hebt ihre Laune ganz und gar nicht.

7

Rüdiger Thomsen steht in seiner Küche und reiht die Flaschen mit dem Abführmittel vor sich auf.

Zwei Liter. Mann, wie soll man das runterkriegen? Wärs Bier, wärs kein Problem. Auch mit Rotwein klappt es ganz gut, wie sich letzte Nacht herausgestellt hat.

Aber dieses Gesöff? Er schnuppert angewidert an der ersten Flasche. Sein Koloskopie-Termin ist morgen, und er fühlt sich bereits unbehaglich, wenn er nur daran denkt. So eine Darmspiegelung ist denkbar unsexy, aber nötig. Zumindest, wenn er seinem Arzt Glauben schenkt. Wie hatte jener das so treffend formuliert? *Wenn man auf die fünfzig zugeht, gehört so etwas zum Standard.*

Thomsen verzieht das Gesicht. Als er dieser Vorsorgeuntersuchung zugestimmt hat, wusste er noch nichts von dem Abführmittel. Dass die Ärzte einem immer die Details verschweigen! Verdammt, das wird eine lange Nacht.

Sein Handy piept. Schon wieder eine SMS von Maike. Er muss gestern Abend in Höchstform gewesen sein. Aber für heute bleibt es bei der Absage. Das Dünnpfiffbesäufnis wird eine One-Man-Show.

Mit grimmigem Gesichtsausdruck kippt er den ersten Viertelliter auf Ex und schüttelt sich. Die Neue fällt ihm ein.

Oberkommissarin Meerkatz. Warum in aller Welt ist sie ausgerechnet in seinem Team gelandet? Er hätte sich einen zweiten jungen Kommissar gewünscht, so einen wie den Jasper, dem er langsam und stetig beibringen könnte, wie der Hase so läuft. Stattdessen schickt ihm der Kriminaldirektor eine übermotivierte Oberkommissarin aus der Hauptstadt, die hinter jedem tragischen Ereignis gleich ein Verbrechen wittert.

Garantiert wollte die Großstadtpuppe jemand loswerden – dort, wo sie bisher war. Was sie wohl angestellt hatte, um ausgerechnet hierher versetzt zu werden?

Er kippt das zweite Viertel auf Ex und schüttelt sich erneut.

Es ist ein blöder Zufall, dass seine seit Wochen geplante Darmspiegelung mit dem Dienstantritt der Meerkatz zusammenfällt. Aber auch nicht zu ändern. Und außerdem schnurzpiepegal. Was soll sie an ihrem ersten Arbeitstag schon groß anstellen?

8

Der wackelige Campingtisch auf der Terrassenfläche vor dem Wohnwagen hat schon bessere Tage gesehen. Der Klappstuhl ebenfalls.

Sophie setzt sich vorsichtig auf die vorderen Sprossen, um zu verhindern, dass ihr das hölzerne Klappergestell unterm Hintern zusammenbricht.

Sie öffnet eine Thunfischdose und bricht ein Stück vom Brot ab. Der Mini-Markt im Wohnwagenpark hat wirklich nur das Nötigste. Aber Thunfisch, Brot und Rotwein waren dabei. Und Zigaretten. Deprimiert, wie sie war, konnte sich ihr Kopf gegen ihre Finger, die die Packung ganz von selbst auf den Tresen legten, nicht wehren.

Nun liegen die in Plastik eingeschweißten Pall Malls neben der Thunfischdose auf dem Tisch, und tief in ihrem Innern weiß sie, dass sie diese Schlacht bereits verloren hat – in dieser tristen Umgebung, in der sie sich wie ein Fremdkörper fühlt. Wenn sie wenigstens das Meer sehen könnte. Doch ein hoher Deich, der um die gesamte Halbinsel Nordstrand führt, verhindert das.

Dass der Himmel nun tatsächlich dunkelblau ist, macht es nicht besser. Die Luft riecht salzig, und die Schreie der Möwen rauschen im Wind mit den Klängen von der Strandbar um die Wette. Scheint, als ob die Partymusik gewinnt. Auf jeden Fall wird sie lauter.

An der Nordseeküste, am plattdeutschen Strand . . .

Irgendwoher kommt Gelächter. Der Wind bringt es mit, ob es ihr passt oder nicht.

Klatsch. Ein Batzen Möwendreck schlägt auf dem Tisch auf. Er hat ihren Teller nur knapp verfehlt. Angewidert steht sie auf, um einen Putzlappen aus dem Wohnwagen zu holen. Mit einem Mal fühlt sie sich schrecklich einsam.

Dieser Umzug war ein Fehler. Ganz bestimmt war es ein Fehler.

Sie wischt den Tisch sauber und füllt ein Glas mit Rotwein. Wie schon im Mini-Markt zuvor führen ihre Finger plötzlich ein Eigenleben und greifen ganz von selbst zur Zigarettenpackung. Begleitet von dem Gefühl, etwas Verbotenes zu tun, reißt sie die Plastikverpackung auf, fingert eine Zigarette heraus und steckt sie zwischen die Lippen. Das Klicken des Feuerzeugs spendet ein wenig Trost.

Sie inhaliert und starrt auf den Wohnwagen in der Reihe vor ihr.

In die ungewohnte Geräuschkulisse mischt sich ein vertrauter Klang.

Ihr Handyklingelton. Das Display schreibt *Alexandra Müller* und ihre Miene hellt sich ein wenig auf. Die Rechtsmedizinerin aus Berlin ist schon seit vielen Jahren ihre beste Freundin.

»Hi Alex!«

»Na, wie läuft's an der Küste?«

»Beschissen trifft's ziemlich gut, denke ich. Mein Chef hier ist ein Macho um die fünfzig, ich hab kein eigenes Büro und meine Vermieterin ist verschollen. Deshalb bin ich in einem Trailerpark gestrandet, wo mir die Möwen auf den Tisch kacken. Und meinen Vorsatz hab ich auch schon gebrochen.«

»Du hast *ihn* angerufen?«

»Nein. Ich rauche.«

»Besser. Ich hab sowieso nicht verstanden, warum du aufhören wolltest. Meiner Meinung nach geht nichts über ein abendliches Glas Rotwein mit einer Zigarette.«

»Wenn du das sagst . . .« Ein Lächeln schleicht sich auf Sophies Gesicht.

»Ja, ich sage das«, betont ihre Freundin mit Nachdruck. »Heute hab ich wieder drei junge Leute aufgeschnitten, die man viel zu früh aus dem Leben gerissen hat. Selbiges hin und wieder zu genießen kann also kein Fehler sein.«

»Du hast recht. Wir hatten hier eine Sechzehnjährige, die freiwillig ins Wasser gegangen ist. Angeblich. Der zuständige Mediziner schließt Fremdverschulden aus, allerdings . . .«

»Allerdings was?«, hakt Alex nach.

»Weiß nicht. Ist nur so ein Gefühl . . .«

»Nun, dein Gefühl war ja in der Vergangenheit nicht das schlechteste. War sie denn verletzt?«

»Nein, quasi unversehrt. Bloß stellenweise aufgeschrammt. Speziell an den Unterschenkeln.«

»Nun, das ist nicht weiter verwunderlich, viele Wasserleichen haben Treibspuren . . .«

»Ja, klar«, unterbricht Sophie. »Das hat mir dieser Emmermann auch erklärt. Trotzdem . . . «

»Trotzdem was?«

»Ach, ich weiß auch nicht. Vielleicht hat es mich einfach nur gestört, dass er es so von oben herab gesagt hat. Oder irgendwas in mir weigert sich zu glauben, dass ein junges, gesundes Mädchen, das sein ganzes Leben noch vor sich hat, einen so fatalen Entschluss fasst und tatsächlich umsetzt. Ihre Mutter hat mir richtig leidgetan, die wollte es gar nicht glauben. Es gab ja auch keinen Abschiedsbrief...«

»Hm . . . das passiert immer wieder. Nicht alle, die freiwillig gehen, erklären ihre Handlungen, oder verabschieden sich von ihren Liebsten, manche scheiden auch völlig kommentarlos dahin.«

»Ich weiß. Du hast ja recht. Wahrscheinlich bin ich es bloß aus Berlin gewöhnt, überall ein Verbrechen zu wittern.«

Alex lacht. »Da bist du nicht allein, das geht mir ganz genauso. Und jetzt erzähl mir alle Details über dein neues Leben!«

Wer dem Flusse folgt, gelangt irgendwann in die See

MONTAG

9

Der Dienstwagen hält um die vereinbarte Zeit im Einfahrtsbereich des Campingplatzes. Svenja winkt aus dem heruntergelassenen Seitenfenster.

»Wie war die erste Nacht an der Küste? Ist die Meeresluft nicht toll?« Die junge Kriminalbeamtin rückt mit einem strahlenden Lächeln ihren blonden Pferdeschwanz zurecht.

»Sicher.« Sophie beugt sich zu ihr hinunter und steckt sich eine widerspenstige rotbraune Locke hinters Ohr. »Ich bin im Paradies gelandet.«

»Der Hauptkommissar kommt heute nicht, ich glaube, das wissen Sie schon«, plappert Svenja munter weiter, nachdem Sophie zugestiegen ist.

»Er hat es gestern kurz erwähnt, eine Vorsorgeuntersuchung, nicht wahr?«

»Ja.« Svenja kichert. »Eine durch den Hintereingang.«

»Wie . . .?«

»Na, so eine Kloskopie oder wie das heißt, wo einem von hinten so ein Schlauch . . .«

»Koloskopie?«

»Ja, genau.« Svenja kichert immer noch. »Das heißt, Sie sind heute der Boss. Gleich an Ihrem ersten Arbeitstag.«

Sophies Laune hebt sich und sie lehnt sich entspannt zurück. Das ist mal eine gute Nachricht.

Im Großraum der Kripo ist ein Kollege mit Halbglatze damit beschäftigt, Daten in den Computer zu klopfen. Der Tourist, der sein Rad vermisst, sieht ihm grimmig dabei zu. Er trägt dieselbe Radlerhose, wie gestern auch.

»So hab ich mir meinen Urlaub nicht vorgestellt. Statt am Strand entlangzuradeln, muss ich Ihnen dabei zusehen, wie Sie die Buchstaben zusammensuchen.«

»Ja, das Leben hält immer wieder Enttäuschungen für uns bereit«, erwidert der Beamte seelenruhig.

Sophie muss schmunzeln. Sie streckt ihm die Hand entgegen.

»Sophie Meerkatz. Und Sie sind wohl Jasper Hinrichs.«

»Richtig. Seit meine Mutti das beschlossen hat. Willkommen bei uns im Norden.«

Jasper hat einen überraschend resoluten Händedruck und ein freundliches Lächeln, das sein rundliches Gesicht ziert. Er wirkt nicht viel älter als zwanzig, denkt Sophie, obwohl sie weiß, dass er letztes Jahr seinen neunundzwanzigsten Geburtstag feierte. Ihre neue junge Kollegin redet gern und viel, speziell beim Autofahren. Deshalb hat sie jetzt auch Kenntnis darüber, dass jene aus einer sehr kinderreichen Familie stammt. Kommissarin Svenja Tades hat vier Schwestern und drei Brüder, die alle hier in Husum leben – die älteren zum Teil schon mit Familie.

»Das ist ja wohl nicht neu, dass die Versicherung 'ne Bestätigung von der Polizei braucht«, meldet sich der Radler wieder zu Wort. »Die hätten Sie mir gestern gleich mitgeben können.«

Nun sieht er Svenja vorwurfsvoll an.

»Sie meinen, anstatt mich um die wirklich wichtigen

Dinge zu kümmern?«, gibt jene schnippisch zurück.

Sophie verdreht innerlich die Augen. Sie braucht hier ein eigenes Büro. So viel steht fest.

»Svenja, Sie kümmern sich bitte um diese Bestätigung und Kollege Hinrichs, Sie helfen mir, den Raum hier leerzumachen.«

Ohne seine Reaktion abzuwarten, stößt sie die Tür zur Kopier- und Rumpelkammer auf.

»Äh . . .«, macht Jasper verdattert und erhebt sich unschlüssig.

Sophie bestärkt ihn mit einem auffordernden Blick, der seine Wirkung nicht verfehlt.

Er packt mit an und eine halbe Stunde später ist das Gröbste geschafft. Jasper wischt sich den Schweiß von der Stirn, als das Telefon auf seinem Schreibtisch klingelt.

Das Display zeigt *Thomsen Mobil*.

»Moin Chef.«

»Moin. Alles klar bei euch?«

»Alles klar, Chef. Den Kopierer und den Aktenschrank haben wir schon geschafft. Und für die Getränkekästen im Eck suchen wir auch noch einen Platz.«

»Was?«

»Na, weil doch Oberkommissarin Meerkatz jetzt ihr Büro bekommt.«

»Ihr was? Wie jetzt? Gib sie mir mal an den Hörer!«

Sophies Miene verfinstert sich, je länger sie ihrem Vorgesetzten zuhört. Dieser Thomsen kommt ihr mit Dienstwegen, die einzuhalten sind, und ähnlichem Mumpitz. Nicht zu vergessen, dass *er* hier der Chef ist. Offenbar hat sie sein männliches Ego angekratzt, weil sie nicht vorher um Erlaubnis gebeten hatte, ihren Schreibtisch in die

Rumpelkammer verfrachten zu dürfen.

»Der Hauptkommissar ist wohl kein Freund schneller Veränderungen«, sagt sie, als sie den Hörer auf Hinrichs' Tischapparat knallt.

Svenja, die gerade in den Großraum zurückkehrt, lächelt belustigt. »Da is 'n Fünkchen Wahrheit bei.«

»Und jetzt?«, fragt Jasper ein wenig hilflos.

»Jetzt muss ich mal telefonieren. Ungestört«, erklärt Sophie. Nachdem sich in ihrer Rumpelkammer noch kein Telefon befindet, schreitet sie mit festem Schritt auf Thomsens Büro zu.

»Aber . . .« Jasper sieht ihr verdattert zu, wie sie im Büro des Hauptkommissars verschwindet und die Tür hinter sich zuknallt.

Sophie lässt sich auf den Chefsessel sinken und blickt sich um. Dieser Raum könnte unpersönlicher nicht sein. Nichts Außerdienstliches hat sich hier herein verirrt. Keine Pflanze, kein Bild, kein gerahmtes Foto eines Angehörigen. Dafür geht der Schreibtisch in einem Berg von Akten und anderen Unterlagen unter, die kreuz und quer übereinanderliegen.

Ihr erster Anruf geht an Dr. Emmermann und bringt leider überhaupt keine neuen Erkenntnisse. Bloß eine Belehrung.

»Ich hab Ihnen doch gestern schon gesagt, dass in diesem Fall kein Klärungsbedarf vorliegt. Es ist zweifelsfrei Suizid, das hab ich auch so gemeldet. Auch der Staatsanwalt . . .«

»Jaja, verstanden. Ich wollte bloß noch fragen, ob Sie ihr Blut abgenommen haben? Wurde ein Tox-Screen veranlasst?«

»Hören Sie mir nicht zu? Ich sagte gerade, dass in diesem Fall keine Zweifel bestehen. Es liegt kein Fremdverschulden vor.«

Sophie seufzt.

»Und wenn ich Sie bitte – nur um ganz sicherzugehen – doch noch eine toxikologische Untersuchung zu veranlassen?«, versucht sie den arroganten Mediziner mit ihrem weiblichen Charme umzustimmen.

»Was soll das bringen? Liebe Frau Kommissarin, ich bin nicht der Typ für unnötige Untersuchungen. Das bringt nur Leid für die Angehörigen.«

»Pffff . . .« Sophie bläst hörbar die Luft aus. Dieser Emmermann ist unglaublich von sich selbst überzeugt. Schon die Art und Weise, wie er mit ihr spricht, schürt Aggressionen in ihr. Ohne Verabschiedung knallt sie den Hörer auf die Gabel.

»Einen schönen Tag noch, du Arsch!«, schimpft sie voll Inbrunst, nachdem die Leitung getrennt wurde.

10

Vor dem Friseurgeschäft, in dem die sechzehnjährige Inga Löffen als Azubi beschäftigt war, lehnt eine üppige Blondine und zieht an einer Zigarette.

Sie wirft Sophie einen abschätzenden Blick zu. »Waschen und legen ist okay, Kindchen, färben auch, wenns sein muss. Aber schneiden tu ich heute nichts. Sieh mal, wie mir die Hände zittern.«

Sophie nickt.

»Ich bin Sophie Meerkatz von der Kripo Husum, und ich bin wegen Inga hier.«

Nun kullern die Tränen.

»Ach, die Kleine. Sie war doch so eine Süße.«

»Wollen wir uns drinnen unterhalten?«

»Ja, klar. Wo hab ich nur meine Manieren. Ich bin Maike Schütze. Käffchen?«

»Gern. Sie hatten ein gutes Verhältnis zu Inga?«

»Aber sicher. Sie hatte so 'ne jugendliche Frische in den Laden gebracht. Hatte auch keine Scheu vor den Kunden. Sie war bei allen beliebt.«

»Auch bei den Kollegen?«

»Natürlich. So viele sind wir nicht. Ist doch bloß 'n kleiner Laden.«

Eine Tür an der gegenüberliegenden Wand geht auf und

ein schwarz gekleideter Mann in den Dreißigern kommt herein. Er sieht verweint aus.

»Das ist Tommy Fischer«, stellt Maike ihn vor. »Er macht meistens die Herren und ich die Damen. Und Inga wäscht Haare, macht Wickler drauf, kehrt die Haare weg. Also, ähem . . . das alles hat sie gemacht . . . sie war im zweiten Ausbildungsjahr.«

»War sie denn traurig in letzter Zeit? Oder verzweifelt?«, fragt Sophie, während sie sich auf einen der Friseurstühle niederlässt. »Hat sie mal geweint?«

»Aber nein, sie war unser Sonnenschein . . .«, beginnt Maike.

»Doch ja, hat sie«, fällt Tommy ihr ins Wort. »Mehrmals sogar. In letzter Zeit wirkte sie immer wieder mal unglücklich. Sie wollte mir aber nicht sagen, was sie bedrückt.«

»Ach echt? Wieso ist mir das nicht aufgefallen?« Maike sieht ehrlich überrascht drein.

»Sie hat sich bemüht, es zu verstecken. Ich musste ihr auch versprechen, nichts zu sagen. Und es wurde ja auch wieder besser. Letzte Woche dachte ich, jetzt wird sie wieder. Und dann das . . . Ich kann es noch gar nicht glauben.« Er löst das Haarband aus seinen langen dunklen Haaren, schüttelt sie und bindet sie wieder neu zusammen.

»Was denken Sie, warum war Inga so traurig?«, hakt Sophie nach.

»Nun, wie ich schon sagte, sie hat sich mir leider nicht anvertraut, aber es wirkte auf mich wie Liebeskummer.«

»Oh, nein«, schluchzt Maike. »Das ist so traurig. Eine Sechzehnjährige, die aus Liebeskummer ins Wasser geht. Jemand hätte dem dummen Ding sagen sollen, dass die

Herren der Schöpfung das nicht wert sind.«

Tommy nickt zustimmend.

»Also, Sie vermuten, Inga hatte einen Freund, aber Sie kennen ihn nicht?«, bohrt Sophie noch ein wenig tiefer.

»Ja«, stimmt Tommy zu.

»Gibt es vielleicht eine beste Freundin?«

»Oh ja, die gibt es. Eske Feddersen. Die ist Azubi beim Gunnar«, schnieft Maike.

»Beim Gunnar?«

»Ja, Gunnar Henkels. Ihm gehört das Hotel Anker.«

Sophie schaut überrascht auf.

»Gunnar Henkels, sieh einer an.«

Ausgerechnet derjenige, der Ingas Leiche entdeckt hatte. Nun rutscht er auf der Liste ihrer Gesprächspartner ganz weit nach oben. Nur mit Ingas Familie möchte sie noch vorher sprechen. Denn nach der schlimmen Nachricht brachte Frau Löffen gestern keinen geraden Satz mehr zustande.

11

Sophie fährt die Schobüllerstraße entlang und biegt nach dem kleinen Hauptplatz rechts in den Heideweg ab. Vor dem Häuschen der Familie Löffen entdeckt sie zwei geparkte Autos, die gestern noch nicht da waren.

Sie klopft an der Haustür. Der Mann, der ihr öffnet, ist jung und seine dunklen Augen liegen tief in den Höhlen.

»Was wollen Sie?«

»Mein Name ist Sophie Meerkatz, Kripo Husum. Ich möchte gerne mit Frau Löffen sprechen.«

»Meiner Mutter geht es nicht gut.«

»Das weiß ich. Und das ist auch ganz natürlich. Trotzdem möchte ich . . .«

»Wozu? Die Dinge sind, wie sie sind, nicht wahr? Da ändert Reden auch nichts dran. Meine Mutter braucht jetzt Ruhe.«

Sophie wirft einen Seitenblick auf das zweite Auto.

»Wer ist noch da?«

»Meine Schwester.«

»Dann möchte ich mit Ihnen beiden sprechen.«

»Aber wozu denn? Da wird Inga auch nicht wieder lebendig von.«

»Leider nicht. Trotzdem . . .«

»Bjarne? Wer ist das?« Eine zierliche junge Frau mit

verweintem Gesicht taucht hinter dem bockigen jungen Mann auf.

»Eine Kommissarin.«

»Kommen Sie rein. Ich bin Anna Löffen.« Sie macht eine einladende Handbewegung.

»Gern«, freut sich Sophie und schlüpft an dem unfreundlichen jungen Mann vorbei ins Haus.

Anna Löffen bietet Kaffee an und Sophie, die ihr in die Küche folgt, nickt dankbar.

»Erzählen Sie mir von Ihrer Schwester. Was war ihr wichtig? Wer waren ihre Freunde?«

»Was soll das jetzt noch bringen?«, geht Bjarne dazwischen. »Ich hab selbst mit dem Arzt telefoniert. Diesem Dr. Emmermann. Er sagt, es ist zweifelsfrei Suizid.«

Unfähig, mit seinen Gefühlen umzugehen, stößt er einen Küchenstuhl von sich weg und verlässt den Raum.

Anna quittiert diesen emotionalen Ausbruch mit einem entschuldigenden Lächeln. »Mein Bruder ist einfach todtraurig. Und ich glaube, er fühlt sich genauso schuldig wie ich.«

»Warum fühlen Sie sich schuldig?«, hakt Sophie nach und blickt sich in der Küche um. Geräte und Schränke sind alt, aber sauber.

»Das fragen Sie? Wie würden Sie sich fühlen, wenn Ihre kleine Schwester sich umbringen würde? Wir haben beide ihre Not nicht mitbekommen. Waren beide mit unserem eigenen Leben beschäftigt. Ich mit meinem Studium, und mein Bruder . . . nun, seine Frau ist hochschwanger und das Kinderzimmer noch nicht fertig.«

»Wissen Sie jetzt genug?« Bjarne steht plötzlich wieder in der Tür.

»Nein, ganz und gar nicht«, entgegnet Sophie ruhig. »Ich weiß noch sehr wenig über Inga. Bloß, dass sie ein junges, hübsches Mädchen war, das sein Leben noch vor sich hatte. Eine so tiefgehende Verzweiflung, die zu einem so schrecklichen Entschluss führt, kommt nicht über Nacht. Also stellt sich mir folgende Frage: Wer hat Inga in eine so schlimme Situation gebracht, dass sie keinen anderen Ausweg wusste?«

Einen Moment lang ist es totenstill.

»Sie denken, es hat jemand Schuld?«, flüstert Anna.

Sophie sieht sie ernst an.

»Es wäre möglich. Vielleicht hat ihr jemand Angst gemacht, ihr zugesetzt, sie bedroht oder lächerlich gemacht. Fällt Ihnen da jemand ein?«

»Dieser Scheißkerl!«, brüllt Bjarne plötzlich, stürmt aus dem Haus und knallt die Tür hinter sich zu.

Anna sieht furchtbar erschrocken drein.

»Was ist hier los?«, fragt Sophie.

Doch Ingas ältere Schwester beißt sich bloß auf die Lippen.

»Verdammt!«, flucht Sophie und packt die zierliche junge Frau an der Schulter. »Wo will Ihr Bruder hin?«

12

»Anna, nun sagen Sie schon«, drängt Sophie. »Was ist hier los?«

»Das weiß ich doch auch nicht. Deshalb mach ich mir ja solche Vorwürfe.« Anna lässt ihren Kopf so tief hängen, dass ihre Stirn die Tischplatte berührt. »Ich studiere in Hamburg, hab dort meine Freunde, einen Nebenjob, mein ganzes Leben. Und jetzt, wo hier alles wie ein Kartenhaus zusammenstürzt, verstehe ich nicht, wie es dazu kommen konnte.«

»Aber wo Ihr Bruder jetzt hingefahren ist, wissen Sie schon«, kontert Sophie.

»Auch nicht wirklich. Klar, er denkt, Sven hat damit etwas zu tun. Aber wo er . . .«

»Wer ist Sven?«

»Das ist der Ex-Freund meiner Mutter. Er hat hier zwei Jahre gewohnt. Bis sie sich getrennt haben.«

»Wann war das?«

»Vor zwei Wochen.«

»Hatte das irgendetwas mit Inga zu tun?«, hakt Sophie nach.

»Ich weiß es nicht. Sven war . . . er ist . . .«

Die Tür zum Schlafzimmer geht knarzend auf und kurz darauf tritt Britta Löffen mit fragendem Gesichtsausdruck in die Küche.

»Was ist mit Sven?«

»Mutti! Du sollst dich doch ausruhen.« Anna springt auf und fasst ihre Mutter am Arm. Doch diese schüttelt den Griff ab und setzt sich an den Tisch.

»Sie sind die Polizistin, die gestern schon da war, nicht wahr?«

Sophie nickt.

»Warum reden Sie über Sven?«

»Frau Löffen, ich versuche herauszufinden, ob jemand Schuld daran trägt, dass Ihre Tochter so verzweifelt war.«

»Warum tun Sie das? Ich meine, warum ermitteln Sie überhaupt bei Selbstmord?«

Sophie schluckt. »Weil es mich betroffen macht, wenn ein junges Leben so endet. War sie unglücklich zu Hause? Hat sie unter der Trennung gelitten?«

»Nein.« Ingas Mutter schüttelt den Kopf. »Unter der Trennung hat sie bestimmt nicht gelitten. Sie und Sven konnten sich nicht so gut leiden. Mein Ex konnte mit ihr nichts anfangen, und Inga hat ihn wohl verachtet.«

»Weshalb?«

»Sven hat schon vor einem Jahr seinen Job verloren, und seitdem hing er bloß vor dem Fernseher ab. Inga hatte dazu ihre eigene Meinung, sagte immer, wer will, der kann auch . . .« Sie schluchzt und Anna streicht ihr beruhigend über den Arm. »Also, nein, sie war nicht traurig, als Sven auszog.«

»Haben Sie bemerkt, dass Inga in letzter Zeit unglücklich oder verzweifelt war?«

Frau Löffen schaut eine Weile ins Leere. »Ich weiß es nicht. Bevor Sven auszog, hatten wir ein paar Wochen mit schlimmen Auseinandersetzungen. Das war eine sehr schwierige Zeit. Für Inga und mich. Gott, waren wir erleichtert, als er endlich seine Koffer packte.«

»Ist es auch zu Gewalttätigkeiten gekommen?«

»Nein.« Britta Löffen senkt den Kopf.

Sophie hat den Eindruck, dass dies nicht ganz der Wahrheit entspricht. Doch fürs Erste lässt sie es dabei bewenden.

»Wo ist Bjarne?«, fragt Frau Löffen plötzlich, und als Anna sie ins Bild setzt, wird sie blass.

»Oh, nein!« Sie starrt Sophie nun entsetzt an. »Das endet nicht gut.«

13

Obwohl ihr Britta Löffen glaubhaft versichert hat, dass Inga und Sven seit seinem Auszug keinen Kontakt mehr zueinander hatten, macht sich Sophie ihre eigenen Gedanken. Warum ist Barne so plötzlich davongestürmt? Weiß Ingas Bruder etwas, das der Mutter entging? Oder sucht er bloß ein Ventil für seine Wut? So oder so sollte sie Sven Döring wohl besser vorwarnen. Auf dem Weg zurück in die Polizeiinspektion erreicht sie ihn auf seinem Mobiltelefon.

»Herr Döring, ich muss Ihnen leider mitteilen, dass die Tochter Ihrer ehemaligen Lebensgefährtin sich das Leben genommen hat.«

»De kleene?«

»Äh . . . ja. Inga.«

»Das is traurig«, sagt er dann in einem Tonfall, als ob das Bier alle wäre.

»Ingas Bruder denkt, Sie haben vielleicht etwas damit zu tun.«

»Ich, wieso denn ich?« Dörings Stimme klingt vor Empörung gleich eine Oktave höher. Und auch deutlich lauter. »Ich bin schon vor zwei Wochen ausgezogen.«

»Ich weiß. Ich gebe Ihnen bloß den guten Rat, Bjarne Löffen besser nicht zu reizen, solange er so aufgebracht ist.«

»Was soll das heißen?«

»Vielleicht denken Sie einfach mal drüber nach, warum er denkt, dass er Sie zur Rechenschaft ziehen muss.«

»Aber das ist doch Quatsch . . .«

Sophie beendet das Gespräch und parkt das Auto vor einem der unzähligen Souvenirläden auf der Hauptstraße. Sie hat dort noch ein paar Besorgungen zu erledigen, bevor sie in die Polizeiinspektion zurückkehrt.

Im Großraum sind Jasper und Svenja mit Touristen beschäftigt. Sophie nickt den beiden zu und geht schnurstracks an ihnen vorbei in Thomsens Büro. Die beiden Einkaufstaschen, die sie in der Hand trägt, stellt sie vorsichtig auf dem Schreibtisch ab.

Als sie das Büro um sechs Uhr abends wieder verlässt, hat sie ganze Arbeit geleistet.

14

Im Wohnwagen müffelt es ein wenig. Sophie lässt die Tür offen, während sie den Kühlschrank inspiziert. Bis auf eine Cola und eine angebrochene Flasche Rotwein, die noch von gestern übrig ist, ist er leer. Obenauf liegt noch eine Dose Thunfisch.

Und was jetzt? Wieder Thunfisch? Mit dem Rest Brot?

Sie hätte in Husum bleiben und sich in einem der pittoresken Lokale am Hafen ein Abendessen gönnen sollen. Aber Svenja hatte angeboten, sie heimzufahren und sie hatte angenommen. Schon wegen der Dusche, die dringend nötig war.

Nun sitzt sie auf dem klapprigen Holzstuhl vor dem Wohnwagen und starrt – wie schon gestern – auf das baugleiche Modell in der Reihe vor ihr. Aber auch die erste Wohnwagenreihe würde in puncto Aussicht keine Verbesserung bringen. Fernsicht ist nicht auf Nordstrand. Außer, man geht auf dem Deich spazieren. Doch dazu fehlt ihr momentan die Lust.

Erst mal ein Glas Rotwein und ein Plausch mit der besten Freundin, dann sieht das Leben bestimmt wieder freundlicher aus. Sophie wählt Alex' Nummer, gelangt jedoch bloß auf deren Mobilbox. Das ist schade, nun muss sie ihre eigene Fantasie bemühen, welchen Ratschlag ihre

Freundin für sie parat hätte. *Mach dir doch 'nen netten Abend. Misch dich unter die Leute. Lass es krachen, denn es gibt immer was zu feiern.*

Wie um Alex' fiktive Worte zu untermauern, trägt der Wind die Partymusik von der Strandbar an ihr Ohr. *Will sie das jetzt wirklich?*

Nach dem Glas Rotwein beschließt Sophie, sich zumindest auf den großen grünen Schutzwall zu wagen, um das Meer zu sehen.

Es hätte beinahe geklappt. Wenn nicht gerade Ebbe gewesen wäre. Statt des ersehnten Eisblaus mit weißen Schaumkronen erstreckt sich das Watt kilometerweit in dunklen Schokoladetönen.

Matsch, so weit das Auge reicht.

Mit krabbelnder Tierwelt.

Für so was fehlen ihr die passenden Stiefel. Frustriert blickt sie auf die Uhr. Schon nach acht. Wie lange es wohl dauert, bis das Wasser zurück ist? Vermutlich länger, als das Tageslicht anhält.

Während sie auf dem Deich entlangspaziert, kehren ihre Gedanken zu der Familie zurück, die ihre jüngste Tochter verloren hat. Und zu dem jungen Mädchen, das nun keine beste Freundin mehr hat. Unvorstellbar, wenn sie Alex auf so schreckliche Weise verlieren würde.

Die Strandbar taucht vor ihr auf. Das große hölzerne Namensschild, auf dem *Krabbe* steht, hängt schief über dem Eingang. Überhaupt sieht das Lokal ein wenig zurechtgebastelt aus. Mit viel Holz und Stroh. Aber die Aussicht ist phänomenal. Am besten sie bleibt hier, bis das Meer zurückkehrt.

Sie lässt sich auf einem der hölzernen Barhocker nieder

und entdeckt auf der Karte, dass auch Kleinigkeiten zu essen bestellt werden können, wie beispielsweise Krabbenburger. Nun, warum nicht?

»Mit Lüt un Lüt?«, fragt der Barkeeper und amüsiert sich über ihren fragenden Gesichtsausdruck. »Geht aufs Haus«, lacht er und schiebt ein Pils und einen Klaren zu ihr rüber.

Sophie lässt es tapfer die Kehle hinunterrinnen und bestellt für den Genuss einen Caipirinha hinterher.

Das war der Anfang vom Ende.

Wir können den Wind nicht ändern, aber wir können die Segel anders setzen

DIENSTAG

15

Rüdiger Thomsen wacht nach einer unruhigen Nacht schlecht gelaunt auf. Seinen Arzt hat er in den letzten Stunden unzählige Male verflucht.

Die Untersuchung war wirklich nicht schlimm gewesen, das stimmte. Von den Medikamenten war er so betüddelt, dass er kaum eine Erinnerung hatte. Die Nachwehen hingegen waren heftig. Nun, nicht direkt schmerzhaft. Aber unangenehm. Und geräuschvoll. Er krachte lauter als eine Motorradgang beim Start. Wovon er auch in der Nacht mehrmals wach wurde.

Die schlechte Laune setzt sich im Büro fort.

Jasper empfängt ihn bereits an der Tür mit der Nachricht, dass ein gewisser Sven Döring Anzeige gegen Bjarne Löffen erstattet hat, weil dieser ihm ein blaues Auge verpasst hatte. Nach Dörings Meinung wäre das nicht passiert, wenn die Kommissarin, die ihn vorgewarnt hatte, auch auf ihn aufgepasst hätte.

»Häh? Was läuft da?«, fragt Thomsen grummelig nach.

Darauf weiß Jasper auch keine Antwort.

»Wo steckt sie denn überhaupt, die Katz?«

»Meerkatz, Chef«, kichert Jasper. »Bei meiner Mutti. Svenja holt sie gerade.«

»Na, denn is ja gut.«

Doch als Thomsen sein Büro betritt, ist gar nichts mehr gut. Wie angewurzelt bleibt er an der Tür stehen und schnappt nach Luft.

»Das ist doch die Höhe!«, poltert er in einem Ton, der Jaspers Puls sofort in die Höhe schnellen lässt. »Ist die völlig verrückt geworden? Was hat sie gemacht?«

Jasper sammelt seinen Mut zusammen und wirft einen Blick ins Chefbüro. Sämtliche Akten, die sich vorher beinahe meterhoch kreuz und quer auf dem Schreibtisch türmten, stapeln sich nun in Reih und Glied im Regal. Der Schreibtisch selbst ist frisch gewischt und leer. Nun ja, beinahe. Ein paar kitschige Souvenirs, aus den Touristenläden, wurden zur Zierde platziert. Krabben, aus Steinen gebastelt, denen man aus welchen Gründen auch immer Schildkröten auf den Rücken geklebt hatte, und ähnliche Scheußlichkeiten, die bei Touristen beliebt sind.

»Was hat sie bloß gemacht?«, wiederholt Thomsen, nun mehr fassungslos als wütend.

»Aufgeräumt, würde ich sagen.« Jasper lächelt ein wenig unsicher. »So sind sie halt, die Frauen. Meiner Mutti würde das gefallen.«

Der Blick, den er daraufhin abbekommt, sorgt dafür, dass er sich schleunigst an seinen eigenen Arbeitsplatz zurückzieht. Doch Thomsen folgt ihm und baut sich vor seinem Schreibtisch auf.

»Wann kommt diese Meerkatz?«

Jasper sieht auf die Uhr.

»Svenja ist schon vor 'ner Stunde los, sie abholen. Eigentlich müssten sie längst hier sein. Soll ich mal meine Mutti fragen, wo sie abgeblieben sind?«

»Deine Mutti ist wohl die Antwort auf alles, was?«,

schnaubt Thomsen und stapft wutentbrannt in sein Büro zurück.

16

Jemand schlägt gegen ihren Schädel. Immer und immer wieder. Sophie versucht, sich dagegen zu schützen, indem sie die Arme fest an ihren Kopf presst. Doch es hört nicht auf.

»Frau Oberkommissarin! Frau Oberkommissarin!« Die Stimme kommt von weit her und vermag sich kaum durchzusetzen gegen die Schläge, die unbarmherzig auf ihren Kopf einprasseln.

Sie blinzelt. Wo ist sie bloß? Ach, in diesem verdammten Wohnwagen. Und jemand schlägt von außen wie verrückt gegen die Scheiben.

»Frau Oberkommissarin!«

Langsam bahnt sich die Erkenntnis einen Weg in ihr Bewusstsein.

Das ist Svenja, ihre neue Kollegin.

Sophie rappelt sich mühsam hoch und fährt sich mit beiden Händen durch die verstrubbelten Haare. Ihr Blick sucht die Uhr. Schon halb neun. So 'n Mist. Sie hat verschlafen, den verdammten Wecker total überhört.

Wie konnte das...? Egal. Bei dem Versuch, aus dem engen Bett zu krabbeln, stößt sie auf etwas, das quer darüber liegt.

Ein Bein.

Ein muskulöses, haariges Bein.

Oh, nein. Sophie zieht die Decke weg. Der nackte Mann, der an dem Bein dranhängt, schläft wie ein Stein. Sie stöhnt über ihre eigene Dummheit, beeilt sich zur Tür und drückt sie auf.

Svenja lächelt sie verständnisvoll an.

»Moin Frau Oberkommissarin. Haben Sie noch geschlafen?«

»Ja. Ich brauche noch eine Minute.«

»Kein Problem.«

Die junge Kollegin lässt sich gut gelaunt auf dem klapprigen Holzstuhl nieder. Sophie beneidet sie um ihr Urvertrauen und steuert auf die Dusche zu.

Unter dem eisigen Strahl gelangen die ersten Erinnerungssplitter in ihr Bewusstsein. Da waren lustig funkelnde blitzblaue Augen mit Wimpern, die eigentlich waffenscheinpflichtig sein müssten, und Lippen, die sich zu einem spitzbübischen Lächeln verzogen . . . diese Lippen, die wunderbar nach Caipirinha schmeckten . . .

Sie dreht den Regler der Dusche auf heiß, was jedoch nichts an der Temperatur ändert, und beißt die Zähne zusammen.

Fünf Minuten später verlässt sie minimalistisch geschminkt und mit nassen Haaren ihr beengtes Domizil. Den Mann, der wie bewusstlos in ihrem Bett liegt, lässt sie ohne Nachricht zurück.

17

Hauptkommissar Thomsen flucht lautstark, während er den Hörer auf die Gabel knallt. Dieses Gespräch ist nicht in seinem Sinn verlaufen.

Und das, obwohl er mit dem Kriminaldirektor schon einmal segeln war. *Wenn du sie loswerden willst, musst du schon was Besseres vorweisen*, äfft er seinen Vorgesetzten in Gedanken nach. Paulsen, dieser Sesselfurzer, hatte bloß gelacht, als er mit dem aufgeräumten Büro ankam. Dabei ist das wirklich ein Fiasko. Für Außenstehende mag sein Schreibtisch unter einem chaotischen Berg Papier begraben gewesen sein, er hingegen wusste von jedem einzelnen, ja von jedem noch so unbedeutenden Vorgang, an welcher Stelle er ihn abgelegt hatte.

Nun ist er hilflos. Wie soll er je wieder etwas finden, ohne diese Meerkatz danach fragen zu müssen?

Er wippt unruhig in seinem Schreibtischsessel vor und zurück. Die scheußlichen Souvenirs, die seinen Schreibtisch zierten, liegen bereits im Müll. Doch nun macht ihn die spiegelglatte Tischplatte nervös. Es hatte ihm gefallen, immer erst einen Platz für seine Kaffeetasse suchen zu müssen. Er war sich viel beschäftigt und mächtig vorgekommen. Bedeutend. Ein Mann, bei dem sich die wichtigen Angelegenheiten stapelten.

Auch die Sache mit Döring hatte nicht zu einem Einlenken seitens des Kriminaldirektors geführt. Ganz im Gegenteil. Paulsen nutzte das, um ihm die aktuellen Leitlinien unter die Nase zu reiben. Selbstmorde unter Jugendlichen sind im Präventionsprogramm enthalten. Oder so ähnlich. Jedenfalls kann er es der Meerkatz nicht vorwerfen, dass sie das Umfeld des Mädchens befragt, um den Grund für den Suizid herauszufinden. Er kratzt sich am Hinterkopf. Na ja, da ist zumindest was dran.

Kurzentschlossen nimmt er seine Kaffeetasse und geht damit zu Jasper hinüber, der Sven Döring gerade das Protokoll unterschreiben lässt. Mit verkniffenem Gesichtsausdruck mustert er den unrasierten Mann in den schmutzigen Jeans. Döring war immer schon ein fauler Hund gewesen. Schon damals in der Grundschule, wo sie vier Jahre gemeinsam die Schulbank drückten.

»Moin Rüde.« Döring sieht ihn müde an. Sein linkes Auge ist blutunterlaufen und zugeschwollen. »Das ist alles nur die Schuld von dieser Tussi. Die hat mir Bjarne wie einen Pitbull auf den Hals gehetzt. Ich brauch Polizeischutz.«

»Bei uns gibts keine Tussis – und auch keinen Polizeischutz.« Grummelnd greift Thomsen nach dem frisch unterschriebenen Protokoll. »Sollen wir das wirklich verfolgen? Ist immerhin der Sohn jener Frau, die dich vor zwei Wochen rausgeschmissen hat. Könnte mir denken, du willst noch eine Chance bei ihr. Wenn du ihren Jungen vor Gericht zerrst, ist der Zug abgefahren.«

»Aber . . .«

Thomsen reicht Döring das Protokoll. »Schlaf noch 'n paar Nächte drüber. Kannst es uns ja immer noch bringen.

So wie du jetzt aussiehst, hat sie vielleicht Mitleid mit dir.«

»Mhm . . . wenn du meinst.«

Döring dreht das Protokoll unschlüssig in der Hand und erhebt sich. »Dann geh ich eben wieder.«

Jasper angelt sich die Kaffeekanne und schenkt seine Tasse voll, während er dem armseligen Kerl, der nun mit hängenden Schultern das Büro verlässt, hinterhersieht.

»Meinst du, er hat was mit dem Selbstmord von Inga zu tun?«, fragt er seinen Chef. »Dass sie sich umgebracht hat, wegen etwas, das er gemacht hat?«

»Keine Ahnung«, antwortet Thomsen achselzuckend, als ihm plötzlich das Telefonat mit dem Kriminaldirektor wieder einfällt. »Aber wahrscheinlich ist es nicht verkehrt, rauszufinden, warum sie es getan hat. Aus Prävention, verstehst du?«

»Du meinst, damit sich nicht noch eine . . .?«

Thomsen nickt düster. Paulsen hatte auch diesen Aspekt erwähnt. So ein Selbstmord kann ansteckend wirken, man muss aufpassen, wie und was man kommuniziert. Er wird der Meerkatz, wenn sie endlich auftaucht, gleich auftragen, sich damit auseinanderzusetzen.

18

Während ihre Kollegin plappert wie aufgezogen, schaltet Sophie auf dem Beifahrersitz auf Durchzug. Sie ist damit beschäftigt, den gestrigen Abend gedanklich zu rekonstruieren. Der Anfang ist einfach: Sie ging zur *Krabbe* und setzte sich an die Bar. Kippte dieses Lüt un Lüt, das sie nicht bestellt hatte, und um den Geschmack wieder zu vertreiben, einen Caipirinha. Und weil sie auf den Krabbenburger warten musste, noch einen zweiten. Das war der Fehler.

Ihre Abwehrmechanismen versagten kläglich, als dieser schnuckelige Typ mit diesen mörderischen Wimpern sich zu ihr setzte. Oh Mann, was haben sie gelacht! Er war witzig, und das war schon immer ihr Ding. Wenn sie mit einem lachen konnte, dann ...

Doch in diesem konkreten Fall gibts leider einen Filmriss. Das Letzte, an das sie sich erinnern kann, war, dass sie sich gemeinsam über einen Engländer mit gelbem Cowboy-Hut lustig gemacht hatten. Wie waren sie im Wohnwagen gelandet?

Als die Fassade des Polizeireviers vor ihr auftaucht, reißt sie sich zusammen. Sie muss ihre Gedanken nun dringend auf den Fall konzentrieren, auf diesen angeblichen Selbstmord, an den sie noch nicht so recht glauben mag.

Deshalb möchte sie mehr über die Hintergründe herausfinden, und es wird wohl kein Leichtes werden, diesen miesepetrigen Thomsen davon zu überzeugen.

Wie befürchtet, steht jener mit grimmiger Miene mitten im Großraum, als sie mit Svenja zur Tür hereinkommt.
»Haben Sie schon am zweiten Tag Probleme mit dem Dienstbeginn?«
»Entschuldigung. Das wird nicht wieder . . .«
»Davon gehe ich aus«, knurrt er mürrisch. »Und außerdem halten Sie sich von meinem Büro fern, verstanden?«
»Aber . . .«
»Kein *aber*.«
»Es gibt heikle Telefonate.« Sophie unterstreicht diese Aussage mit einem Rundumblick.
»Die werden Sie künftig in Ihrem Kämmerchen führen«, knurrt Thomsen. Das wollten Sie doch. Je mehr Zeit Sie da drin verbringen, desto lieber ist es mir, sagt sein Blick.

Jasper hingegen bemüht sich sichtlich, die Situation zu entspannen und streckt Sophie eine Tasse entgegen.
»Kaffee, vielleicht?«
»Sie sind ein Schatz.« Ein dankbares Lächeln macht sich auf ihrem Gesicht breit.
»Vorsicht«, grummelt Thomsen, der bereits wieder auf sein Büro zusteuert. »Seine Mutti will ihn unter die Haube bringen.«

19

Sophie bewundert die eindrucksvolle Fassade des Hotels *Zum Anker,* nur wenige Gehminuten vom Hafen entfernt. Das weitläufige alte Backsteinhaus ist mit großzügigen, weiß umrandeten Sprossenfenstern versehen worden, und der gemütlich aussehende Gastgarten davor wirkt äußerst einladend.

»Moin.« Die Mitarbeiterin an der Rezeption sieht auf, kaum dass Sophie eingetreten ist. »Was kann ich für Sie tun?«

»Ich bin Oberkommissarin Meerkatz, Kripo Husum, und möchte mit Gunnar Henkels sprechen.«

»Einen Moment«, flötet die Angestellte und greift zum Telefon.

»Chef, eine Polizistin ist hier. Sie . . . ja, ist gut.« Die Frau im korrekten Businesskostüm schenkt Sophie nun ein freundliches Lächeln. »Ich bringe Sie in sein Büro.«

Sie schreiten einen eindrucksvoll gewölbten langen Gang entlang, der wohl zugleich als Galerie dient. Sophie fällt mehr und mehr zurück, weil die Bilder, die dort aufgereiht sind, sie gefangen nehmen. Es sind Motive aus der Gegend hier in einer Art Patchwork aus Realismus und Abstraktion dargestellt. Leuchttürme, Schiffe, Windmühlen, die so rau und eindringlich wirken, dass sie unter die Haut gehen.

Die Rezeptionistin bleibt stehen und dreht sich zu ihr um.

»Mir gefallen sie auch. Leider sind sie bloß eine Leihgabe. Sie bleiben nur noch einen Tag, dann werden sie nach Amsterdam verschifft. Hier sind wir schon.« Sie deutet auf eine Tür am Ende des Ganges. »Kaffee lass ich Ihnen bringen.«

»Danke, das ist sehr freundlich.«

Sophie klopft an die Tür und wird sofort zum Eintreten aufgefordert.

Ein Mann um die vierzig kommt mit verstörtem Gesichtsausdruck auf sie zu, reicht ihr die Hand und bietet ihr einen Platz auf der mokkafarbenen Ledercouch an.

»Ich bin immer noch völlig durch den Wind«, seufzt er. »Die Gäste, mit denen ich laufen war, auch. Man kriegt das Bild von dem armen Ding gar nicht mehr aus dem Kopf. Hat sich richtig ins Gehirn gebrannt.«

Die Tür geht auf und ein unauffälliges junges Mädchen in Restaurantuniform schiebt einen Servierwagen herein. Als sie sich anschickt, den Kaffee in Tassen einzuschenken, geht der Chef des Hauses dazwischen.

»Danke Lisa, ich mach schon.«

Sie nickt mit wässrig blauen Augen und wendet sich wieder zum Gehen.

»Es sind alle sehr bestürzt«, erklärt Henkels. »Die Jugendlichen hier im Ort kennen natürlich untereinander. Sie wissen schon, von der Schule oder der Kirche, von Sportvereinen oder über Geschwister . . .«

Sophie nickt, als ihr einfällt, dass Svenja erwähnt hat, dass ihre jüngere Schwester ebenfalls mit Inga befreundet war.

»Kannten Sie Inga persönlich?«

»Nein, ich nicht, aber Lisa hat mir heute Morgen erzählt, dass sie Freundinnen waren. Ich wollte ihr freigeben, aber sie meinte, dass sie die Ablenkung brauchen würde.«

»Und Eske?«

»Was ist mit Eske?«

»Eske Feddersen. Sie arbeitet doch auch hier im Hotel, nicht wahr? Sie war angeblich Ingas beste Freundin.«

»Ach? War sie das? Das wusste ich nicht. Das erklärt jetzt natürlich einiges.«

»So? Was denn?« Sophie legt den Kopf schief und sieht ihren Gesprächspartner gespannt an.

»Nun, dass sie heute nicht zur Arbeit gekomken ist. Und sich auch nicht gemeldet hat. Wahrscheinlich ist sie völlig durcheinander, die Arme.«

»Eske ist heute nicht gekommen?«

»Nein.« Gunnar schüttelt den Kopf. »Also bis jetzt nicht. Vielleicht kommt sie später.«

»Sind Sie immer so verständnisvoll, wenn Ihr Personal ausbleibt?«, fragt sie überrascht.

»Das kommt auf die Mitarbeiter an. Sehen Sie, Eske ist seit dem Beginn ihrer Lehrzeit bei uns und sie ist unglaublich ehrgeizig. Sie zeigt Tag für Tag vollen Einsatz – da könnte sich manch anderer eine Scheibe von abschneiden. Wenn sie nun von so einem schrecklichen Ereignis aus der Bahn geworfen wird, muss man doch Verständnis zeigen.«

Sophie kramt ihr Notizbuch aus der Handtasche. »Geben Sie mir Eskes Adresse, bitte.«

»Natürlich.« Henkels erhebt sich und steuert auf seinen Schreibtisch zu. Er klickt eine Weile mit der Maus herum.

»Hier haben wir sie.«

Der Drucker setzt sich lautstark in Bewegung und kurz darauf erhält Sophie den Ausdruck überreicht.

Sie erhebt sich und reicht dem Hotelbesitzer die Hand zum Abschied.

»Dann werde ich bei dem Mädchen mal nach dem Rechten sehen.«

20

Eskes Familie wohnt in einem modernen Einfamilienhaus. Der Garten, der rund ums Haus verläuft, macht einen gepflegten Eindruck.

Sophie klingelt und muss eine Weile warten, bis die Haustür geöffnet wird.

»Ja?« Eine Frau um die vierzig, in Jogginghose und T-Shirt, sieht sie mit genervtem Gesichtsausdruck an. »Ich bin mitten in meiner Yoga-Einheit.«

»Entschuldigen Sie die Störung, ich bin Oberkommissarin Meerkatz von der Kripo Husum und möchte gerne mit Ihrer Tochter Eske sprechen.«

»Ach?« Besorgnis schleicht sich auf Frau Feddersens Gesicht. »Warum das denn? Sie hat doch wohl nichts angestellt?«

»Keine Sorge, es ist wegen Ingas Tod.«

»Schrecklich, nicht? Das arme Mädchen. Eske hat es gestern in der Arbeit erfahren. Sie kam völlig verstört nach Hause.«

»Verständlich. Es ist schlimm, wenn die beste Freundin stirbt. Ich hoffe trotzdem, dass Eske mir ein paar Fragen beantworten kann. Sie können natürlich gerne bei dem Gespräch dabei sein.«

»Ja klar, es ist nur so, meine Tochter ist nicht da. Sie ging gestern Abend zu einer Freundin und hat auch dort übernachtet. Die Mädchen wollten sich gegenseitig trösten, also habe ich zugestimmt. Eske wollte dann von dort direkt ins Hotel gehen, ihre Freundin arbeitet nämlich ebenfalls dort. Sie wird erst abends wieder nach Hause kommen.«

Augenblicklich fühlt sich Sophie unbehaglich. Denn Eske ist – anders, als ihre Mutter vermutet – nicht im *Anker*, so viel steht fest.

»Frau Feddersen, wie heißt denn diese Freundin?«

»Lisa. Lisa Bergmann.«

Das flaue Gefühl in Sophies Magengrube verstärkt sich schlagartig. Besagte Lisa hat sie bereits kennengelernt. Und die ist ohne Eske im Hotel angekommen.

»Frau Feddersen, ich geh mal kurz vor die Tür telefonieren. Wir sprechen nachher weiter.«

Draußen im Vorgarten wählt Sophie Gunnar Henkels Nummer. Er hebt nach dem dritten Klingeln ab.

»Zum Anker, Henkels hier.«

»Sophie Meerkatz, wir haben uns vorhin unterhalten.«

»Klar, ich erinnere mich.«

»Herr Henkels, könnten Sie mir mal kurz Lisa Bergmann ans Telefon holen? Es wäre wichtig.«

»Klar doch, einen Moment, ich muss dafür ins Restaurant gehen.«

Sie kann Schritte hören und das Öffnen und Schließen von Türen. Nach einer Weile hört sie, wie Henkels auf jemanden einspricht. Dann ertönt eine unsichere Mädchenstimme.

»Moin Frau Kommissarin.«

»Lisa?«

»Ja.«

»Lisa, hör mir bitte gut zu. Es ist wichtig, dass du mir jetzt die Wahrheit sagst.«

»Okay.«

»Wo ist Eske?«

»Das weiß ich nicht«, kommt es zaghaft zurück.

»Wolltet ihr nicht gemeinsam heute Morgen ins Hotel fahren?«

Sophie wartet, aber das Mädchen antwortet nicht.

»Lisa, hat Eske bei dir übernachtet?«

Wieder erfolgt keine Antwort.

»Lisa, das ist wichtig. Wo ist Eske?«

Sophie hört, wie die Jugendliche am anderen Ende der Leitung in Tränen ausbricht, und kurz darauf meldet sich Gunnar Henkels zu Wort.

»Frau Kommissarin, Lisa geht es nicht gut. Ich lasse sie lieber nach Hause bringen.«

»In Ordnung, und schicken Sie mir Lisas Adresse per SMS. Ich werde sie dann zu Hause befragen.«

Eskes Mutter beobachtet Sophie mit Argusaugen, als sie wieder ins Haus der Familie Feddersen zurückkehrt.

»Was ist los?«

»Frau Feddersen, bitte bleiben Sie ruhig. Es geht um Ihre Tochter. Sie ist heute nicht ins Hotel gekommen. Lisa ist dort, aber Eske nicht.«

»Wie bitte?«

Silke Feddersen starrt Sophie einen Moment lang ungläubig an. Dann springt sie auf und beginnt unruhig hin- und herzulaufen.

»Das ergibt keinen Sinn. Eske liebt ihren Job, sie war noch nicht einen Tag krank! Sie lässt sogar ihren Urlaub stehen . . .«

»Frau Feddersen, bitte beruhigen Sie sich.«

»Wie soll ich mich beruhigen, wenn ich nicht weiß, wo mein Kind ist. Wo kann sie denn bloß sein?«

»Das werden wir in Kürze wissen. Ich fahre jetzt los und werde Lisa befragen.«

»Ich komme mit.« Resolut packt Silke Feddersen ihre Handtasche.

»Tut mir leid. Ich darf Sie zu einer Amtshandlung nicht mitnehmen. Aber ich rufe Sie nachher an.«

»Das ist nicht nötig, ich fahre Ihnen hinterher. Und davon werden Sie mich nicht abhalten. Es ist schließlich meine Tochter, die vermisst wird.«

Vermisst. Sophie zuckt innerlich bei diesem Wort zusammen. *Vermisst* endet selten gut. Hoffentlich ist es diesmal anders.

Lisa Bergmann wohnt mit ihren Eltern im Zentrum von Husum, nur wenige Schritte vom Hotel *Anker* entfernt. Die Dreizimmerwohnung der Familie liegt im Erdgeschoss des in die Jahre gekommenen Miethauses.

Ein Mann mit dichtem rötlichen Vollbart öffnet auf Sophies Klopfen hin die Tür. Sein Blick ist ernst.

Nachdem Sophie sich vorgestellt und ihr Anliegen erklärt hat, lässt er sie widerwillig in die Wohnung.

»Dass Sie jetzt mit meiner Tochter sprechen wollen, ist mir gar nicht recht«, erklärt Jonas Bergmann. »Lisa soll sich ein wenig ausruhen. Sie ist sehr mitgenommen.«

Sophie nickt. »Das verstehe ich. Leider wird Lisas Freundin vermisst. Eske Feddersen. Nach meinen Informationen hat sie von gestern auf heute hier übernachtet. Ist das richtig?«

»Das stimmt. Sie kam schon am Nachmittag und blieb über Nacht bei uns.«

»Sie war also zum Abendessen noch da?«

»Ja. Aber die Mädchen haben kaum etwas gegessen, sie gingen bald in Lisas Zimmer. Ich denke, sie haben ferngesehen, um sich abzulenken.«

»Und heute Morgen? Haben Sie Eske zum Frühstück gesehen?«

»Nein. Sie war schon weg, als ich aufstand. Lisa sagte, Eskes Dienst an der Rezeption würde früher beginnen als ihrer im Restaurant, deshalb wäre sie schon gegangen.«

Sophie beißt sich auf die Lippen. Irgendetwas stimmt hier vorn und hinten nicht.

»Herr Bergmann, danke für die Auskunft, aber ich muss wirklich dringend mit Lisa sprechen.«

»Geht das nicht später, wenn sie sich erholt hat?«, wird er nun ein wenig ungehalten. »Ich sagte schon, dass sie fix und fertig ist. Mir wäre lieber, wenn sie sich erst mal ausruhen könnte.«

»Nun, mir auch«, stimmt Sophie zu. »Doch es ist leider so, dass Eske Feddersen nicht im *Anker* und auch nicht zu Hause aufgetaucht ist. Sie ist quasi über Nacht verschwunden und Ihre Tochter ist die Einzige, die wissen könnte, wohin.«

Jonas Bergmann wird nun ein wenig blass unter seinem rötlichen Vollbart und verschwindet in das Zimmer seiner Tochter.

Kurz darauf kommt er mit ihr wieder heraus.

Das Mädchen sieht völlig verheult aus.

»Hallo Lisa. Wir beide haben uns bereits im Hotel Anker

kennengelernt. Ich bin von der Kripo und suche nach deiner Freundin Eske. Weißt du, wo sie ist?«

Anstelle einer Antwort beginnt Lisa zu weinen.

Völlig unerwartet erhält Sophie nun Unterstützung von Jonas Bergmann. »Lisa, nun sag schon. Wo ist sie hin?«

Doch das Mädchen weint bloß noch lauter.

Mit ein paar schnellen Schritten eilt Sophie in Lisas Zimmer und blickt hinein. Das einzige Fenster im Raum geht auf die Straße hinaus. Ebenerdig.

»Sie ist durchs Fenster raus, nicht wahr? Sag uns wann! Am Abend? In der Nacht? Heute Morgen?«

Doch die Sechzehnjährige starrt bloß schluchzend zu Boden.

Sophie berührt sie an den Schultern. »Du musst uns helfen, Lisa! Sag uns, wo Eske ist. Sie könnte in Gefahr sein.«

Nachdem Lisa nach wie vor jegliche Antwort verweigert, blickt Sophie den Vater an.

»Bitte versuchen Sie weiter, Ihre Tochter zum Reden zu bringen. Ich muss nun eine Suche nach einem vermissten Teenager veranlassen. Gucken Sie mal!«

Sie deutet auf ein Fenster im Wohnzimmer, das ebenfalls auf die Straße führt. Durch den weißen Store hindurch kann man eine Frau beobachten, die auf der gegenüberliegenden Straßenseite auf- und abläuft. »Das ist Eskes Mutter. Sie erlebt gerade den schlimmsten Albtraum, den man sich nur vorstellen kann. Jeder Hinweis Ihrer Tochter kann uns helfen, Eske zu finden. Es könnte vielleicht ihr Leben retten.«

Jonas Bergmann nickt. Seine Augen verraten Sophie, dass er zutiefst betroffen ist.

Während sie zur Tür eilt, nimmt sie aus den Augenwinkeln wahr, wie der Vater seine Tochter an den Schultern packt.

21

Sophie weist Silke Feddersen an, ihr hinterherzufahren, damit sie ihre Tochter auf der Polizeidienststelle offiziell als vermisst melden kann.

Hauptkommissar Thomsen kommt ihnen genau in dem Moment entgegen, als sie gemeinsam die Polizeistation betreten.

»Silke!«

»Rüde . . .« Sie lässt den Kopf hängen.

»Was ist los?« Überraschenderweise ist Thomsen nun an der Entwicklung des Falls höchst interessiert.

Sophie liefert ihm eine kurze Zusammenfassung, während sie die Treppe zu den Räumlichkeiten der Kripo hochsteigen.

»Ach Silke, das tut mir aber leid. Komm, wir gehen in mein Büro, da kannst du mir alles erzählen.«

Sophie sieht ihm perplex hinterher, als er die aufgelöste Mutter in sein Büro lotst und Sophie die Tür vor der Nase schließt.

Svenja verdreht anstelle eines Kommentars die Augen, während Jasper es erneut mit einer Ablenkung versucht.

»Frau Kollegin, sehen Sie mal, Ihr Büro ist fertig.«

»Danke sehr.« Sie überlegt einen kurzen Augenblick und wendet sich dann direkt an Svenja.

»Was war das eben?«

»Was denn?«

»Na, Thomsens *Übernahme*?«

Svenja zuckt grinsend die Schultern und zu Sophies Verwunderung fällt Jasper eine Erklärung ein. »Der Hauptkommissar ist hier in Husum aufgewachsen, er kennt sehr viele Leute.«

»So kann man es auch nennen«, kichert Svenja.

»Ja, also...« Jasper streicht sich nun verlegen über den Hinterkopf und steuert auf die ehemalige Rumpelkammer zu. »Gucken Sie mal.« Stolz hält er Sophie die Tür auf.

Was sie sieht, gefällt ihr sofort. Der Raum wirkt gleich doppelt so groß, ohne das monströse Kopiergerät und den wuchtigen Aktenschrank. Nur ein paar von den Flaschenkästen lagern noch im Eck. Ihr Schreibtisch mit dem Computer und dem Telefon steht nun am Fenster, von wo aus sie den Parkplatz gut im Blick hat. Perfekt, so sieht sie immer, wer kommt und wer geht.

Auf dem Fensterbrett entdeckt sie eine merkwürdige kleine Pflanze.

»Das ist eine Venusfliegenfalle«, erklärt Jasper. »Die ist von meiner Mutti. Ein Willkommensgeschenk. Und ich soll ausrichten, Sie sollen heute unbedingt zum Mittagessen kommen. Sie macht Eisbein.« Bei den letzten Worten wendet er sich Svenja zu, die neugierig im Türrahmen steht. »Du bist natürlich auch eingeladen.«

»Isst man hier im Norden nicht Labskaus oder Ähnliches?«, erwidert Sophie, während sie in Gedanken bereits nach einer Ausrede sucht.

»Klar«, bestätigt Jasper. »Aber nicht jeden Tag. Und meine Mutti liebt Eisbein. Also, kommen Sie?« Er blickt sie nun erwartungsvoll an.

Eisbein zu Mittag. Herr, steh mir bei! Sophie ringt sich ein Lächeln ab. »Das ist sehr lieb, aber . . .«

Svenja, die Sophies Worte bereits ahnt, mischt sich vorbeugend ein. »Ella Hinrichs ist ein unglaublicher Schatz. Aber absagen darf man ihr nicht.« Dabei schüttelt sie demonstrativ den Kopf, um ihre Aussage zu unterstreichen.

»Stimmt, das kann sie schwer verkraften«, legt Jasper nach.

Sophie holt tief Luft, um trotzdem abzulehnen. Doch dann taucht plötzlich ein Bild vor ihren Augen auf, das sie beinahe schon vergessen hätte. Jenes des nackten Mannes, den sie ohne ein Wort im Wohnwagen zurückgelassen hat. Bei dieser Gelegenheit könnte sie sich davon überzeugen, dass er aus ihrem Leben wieder verschwunden ist.

»Okay, überredet.« Sophie lächelt. »Wenn das so ist, nehme ich die Einladung gerne an.«

22

Ella Hinrichs kommt ihnen im Einfahrtsbereich des Campingplatzes bereits fröhlich winkend entgegen.

»Das ist fein, dass ihr alle da seid.« Sie umarmt Svenja überschwänglich und schließt anschließend Sophie in die Arme. »Wie schön, dass wir uns jetzt besser kennenlernen.«

»Ja«, sagt Sophie erleichtert, als Mutti Hinrichs sie wieder freigibt, um ihrem Sohn kräftig die Wangen zu tätscheln.

»Immer rein mit euch, wir haben heute was zu feiern!«

»Ich möchte nur kurz etwas aus meinem Caravan holen, in Ordnung?«, sagt Sophie.

»Aber natürlich, Kindchen, wir halten es mit dem Hunger noch fünf Minuten aus.« Ella Hinrichs kichert fröhlich und watschelt mit Svenja und Jasper voraus.

Sophie sprintet zu ihrem Wohnwagen. Die Tür ist zu. Das ist schon mal ein gutes Zeichen. Sie öffnet sie und späht hinein. Die Luft ist rein. Kein Mann mehr im Bett. Und auch nicht in der Dusche.

Plötzlich stutzt sie. Neben dem Kopfpolster liegt eine Champagnerflasche mit goldener Schleife.

Das Lächeln breitet sich ganz von allein auf ihrem Gesicht aus. Eine süße Abschiedsgeste.

Auch wenn sie sich nicht an seinen Namen erinnern kann, die Nacht war toll. Zumindest, wenn sie den

Flashbacks trauen kann, die immer wieder in ihrem Kopf auftauchen. Nur gut, dass der Typ ihr erzählte, dass er schon morgen wieder abreist. Andernfalls müsste sie Vorsichtsmaßnahmen ergreifen, um sich nicht Hals über Kopf zu verlieben.

Erleichtert schließt sie die Wohnwagentür und tritt hastig den Rückzug an.

Das Eisbein und das dazugehörige Sauerkraut riecht sie schon auf dem Flur. Als sie mit einem fröhlichen »Da bin ich wieder« zum Esstisch tritt, lächeln ihr vier Augenpaare entgegen.

Das ist eines zu viel. Noch dazu ein blitzblaues mit verboten langen Wimpern.

Völlig verdutzt bleibt sie stehen. Was in aller Welt macht die Eroberung der letzten Nacht hier?

Mutti Hinrichs liefert die Erklärung frei Haus. »Darf ich vorstellen, das ist Frau Oberkommissarin Meerkatz, und das ist Enno Arens, der Halbbruder von meinem Jasper.«

Der Halbbruder von Jasper! Sie hat sich also die ganze Nacht mit dem Halbbruder vom Jasper vergnügt. Was heißt vergnügt? Gebärdet wie die Tiere haben sie sich . . . was für ein Albtraum!

»Freut mich sehr.« Mechanisch streckt sie ihre Hand vor und er drückt sie mit einem sympathisch-kräftigen Händedruck.

»Mich auch.«

Von der nun folgenden Unterhaltung bekommt sie wenig mit, weil die Szenen der Nacht ständig vor ihrem inneren Auge aufpoppen.

Wie sie ihm nach dem x-ten Drink in der *Krabbe* zwischen die Beine gefasst hatte, wie er sie über die

Türschwelle des Wohnwagens getragen und aufs Bett geworfen hatte. Wie schnell sie sich gegenseitig die Klamotten vom Leib gerissen hatten.

»Und Ihnen?« Ella Hinrichs sieht sie fragend an.

»Wie bitte?«

»Schmeckt es denn?«

»Super. Ganz toll. Das beste Eisbein in meinem bisherigen Leben überhaupt«, lügt sie notgedrungen, obwohl sich der Fleischklumpen, den sie abgebissen hat, anfühlt, als würde er quer in ihrem Hals stecken und immer größer werden.

Mutti Hinrichs strahlt über das ganze Gesicht vor lauter Freude über das Kompliment.

»Ein Gläschen Wein? Oder lieber nicht, weil Sie doch in den Dienst zurück . . .?«

»Sehr gern. Ein Glas Wein nehm ich gern.« Damit lässt sich das verdammte Eisbein gleich viel besser runterspülen als mit Wasser.

Als Mutti Hinrichs mal kurz Sauerkraut-Nachschub holen geht, tauscht Sophie kurzerhand ihren vollen Teller mit Jaspers leerem.

»Sie müssen mich jetzt retten!«

Ihr Kollege schaut kurz verdattert, macht sich dann aber sofort über die Extraportion Fleisch her.

»Ich helfe immer gern, Frau Kollegin«, sagt er kauend.

»Ich heiße Sophie. Das gilt natürlich auch für Sie, Svenja.«

»Dann können wir jetzt Bruderschaft trinken!« Svenja freut sich sichtlich und hebt ihr Glas.

Als Ella Hinrichs zurückkehrt, stoßen sie reihum an, wobei die Wangenküsschen nicht fehlen dürfen.

»Ich geh mal auf eine Zigarette an die frische Luft«, erklärt Sophie anschließend und rettet sich ins Freie.

Doch schon nach dem ersten Zug auf Ellas gepflegter Terrasse ist Enno an ihrer Seite.

»Die Überraschung ist gelungen, was?«

»Kann man so sagen. Hast du nicht gesagt, du bist auf Urlaub hier?«

»Nun, nicht ganz. Ich sagte, ich bin auf der Durchreise. Aber Tourist bin ich nicht. Ich bin hier geboren, und ab und an schaue ich in meiner Heimat vorbei.«

»Aha. Und wo wohnst du sonst? Ach ja, überall und nirgends. Du bist eine Art Künstler, jetzt weiß ich's wieder.«

»Ja. Ich bin Maler. Derzeit hängen meine Bilder im Anker. Gunnar stellt sie jedes Jahr aus, wenn ich zu Hause bin.«

Sophie zieht die Augenbrauen hoch.

»Die sind von dir? Die sind gut!«

»Das Kompliment leidet ein wenig darunter, dass du so überrascht bist.« Er kommt näher und sein Blick geht ihr unter die Haut.

»Entschuldige.« Sophie kichert ein wenig verlegen, während sie gegen das Prickeln, das ihren Körper erfasst, ankämpft.

In diesem Moment stürmt Svenja auf die Terrasse, das Handy am Ohr.

»In Ordnung, Chef. Wir kommen.«

Sie legt auf und blickt Sophie aufgewühlt an. »Das war der Rüde . . . ich meine der Hauptkommissar. Er ist an der Schobüller Seebrücke. Dort wurde noch eine Mädchenleiche angeschwemmt.«

23

Thomsen starrt frustriert auf den hübschen Mädchenkörper, den ihm das Watt präsentiert.

Gerade, als er Silke endlich überredet hatte, mit ihm einen Happen essen zu gehen, kam der Anruf. Ein Spaziergänger hatte die Leiche entdeckt.

Wieder ein junges Mädchen mit langen blonden Haaren, das sein ganzes Leben noch vor sich gehabt hätte. Und wieder vollständig bekleidet und ohne sichtbare Verletzungen.

Thomsen beugt sich über sie, um sie genauer in Augenschein zu nehmen. Er durchsucht sämtliche Taschen der Jeans, die an der Leiche klebt, findet jedoch weder einen Ausweis noch einen anderen Hinweis auf ihre Identität. Klarerweise hat er eine starke Vermutung, um wen es sich handeln könnte. Aber genau diese Vermutung hätte er gerne widerlegt.

Als er wieder aufsieht, entdeckt er Aiko Emmermann, den er bereits auf der Fahrt über das zweite Opfer informiert hat. Er parkt sich hinter seinem Land Rover ein und hebt beim Näherkommen die Hand zum Gruß.

»Moin Rüde. Das ist kein schöner Anlass.«

»Ist es nie.«

»Stimmt.« Der Leichenbeschauer wirft einen Blick auf die

Tote. »Wirkt wie 'ne Nachahmungstat.«

Thomsen wird von einer Art Fassungslosigkeit ergriffen. Gestern noch hatte er Paulsens E-Mail mit den vielen Anhängen zu diesem Thema als lächerlich abgetan, und jetzt steht er vor dem zweiten jungen Mädchen, das ins Wasser gegangen ist. Das darf auf keinen Fall an die Presse gelangen!

Emmermann packt seine Tasche gar nicht erst aus.

»Ich organisiere den Abtransport und untersuche sie dann auf der Pathologie. Auf den ersten Blick würde ich sagen . . .«

»Jaja, ich weiß, du hast es schon gesagt. Das ist eine Katastrophe«, stöhnt Thomsen. »Kennst du sie?«

Der Arzt, der, so wie Thomsen, selbst in Husum geboren und aufgewachsen ist, schüttelt den Kopf.

»Ich auch nicht«, brummt Thomsen.

Der graue Dienstwagen bremst sich hinter Emmermanns schwarzem BMW ein. Thomsen atmet ein wenig auf, als er seine Leute heraneilen sieht und spricht Jasper direkt an. »Sieh sie dir an, kennst du sie?«

Doch sein junger Mitarbeiter schüttelt den Kopf und dreht sich zu Svenja um, die beim Wagen geblieben ist.

Thomsen winkt sie energisch heran. »Wir müssen wissen, wer das Mädchen ist.«

»Was können Sie uns sagen?«, richtet Sophie ihre Frage an Dr. Emmermann.

Jener kneift die Augen zu Schlitzen zusammen und antwortet ein wenig verhalten.

»Allem Anschein nach ist sie ertrunken. So wie sie hier liegt, kann ich keine Fremdeinwirkung erkennen. Mehr weiß ich erst, wenn ich sie vollständig untersuchen kann.«

»Wann ist sie denn ertrunken?«, hakt Sophie nach.

»In der Nacht, würde ich sagen.«

»Die Nacht ist lang, können Sie es vielleicht ein klein wenig mehr eingrenzen?« Sophie betrachtet den Arzt in der dunkelblauen Windjacke missbilligend. Jede kleine Information muss man ihm aus der Nase ziehen.

»Sicher, aber erst im Untersuchungsraum. Das ist per Blickdiagnose leider nicht möglich«, erwidert er ein wenig überheblich, während Svenja sich mit hochgezogenen Schultern nähert.

»Sieh dir das Mädchen an«, befiehlt Thomsen. »Von uns allen kennst du hier im Ort die meisten Menschen.«

Svenja nickt tapfer und betrachtet das Gesicht der Toten. Ihre Augen füllen sich mit Tränen.

»Das ist Eske. Eske Feddersen.«

Als Thomsen genau den Namen hört, den er nicht hören wollte, hat er plötzlich das Gefühl, dass ihm das Hemd am Hals zu eng ist.

Eske Feddersen.

Nein, bitte nicht. Wie soll er das jetzt Silke beibringen?

24

In den Kellerräumlichkeiten des Klinikums Husum ist es kühl und der Geruch unangenehm. Vor allem an Letzteren wird sie sich nie gewöhnen. Trotzdem hat Sophie darauf bestanden, bei der Untersuchung dabei zu sein.

Ihr Chef ist bereits zur Mutter der jungen Toten unterwegs, um ihr die traurige Nachricht persönlich zu überbringen.

Dr. Emmermann beendet die Leichenschau und streift die Handschuhe ab.

»Sie ist ertrunken. Ich kann keine Fremdeinwirkung feststellen.«

»Ach.« Sophie verzieht das Gesicht. »Und die Druckstellen auf der Brust?« Sie zeigt auf einige zarte, kaum sichtbare Stellen, die sich farblich abheben.

»Die sagen nichts aus. Jeder Mensch hat ständig irgendwelche Druckstellen. Schon, wenn Sie sich auf eine Stuhlkante setzen . . .«

»Ja, aber müsste man das nicht genauer untersuchen? Um Fremdverschulden wirklich ausschließen zu können?«

»Ich würde vorschlagen, Sie untersuchen mal Ihren eigenen Körper«, gibt Emmermann zurück – wieder in diesem ihm eigenen überheblichen Tonfall. »Sie werden sehen, da gibt es die ein oder andere Stelle, die sich farblich abhebt. Und ganz bestimmt hatten Sie schon mal blaue Flecke, die Sie sich selbst nicht erklären konnten.«

Sophie ärgert sich. Solche Allgemeinplätze waren ihrer Meinung nach bei dem plötzlichen Tod eines jungen Mädchens nicht angebracht. Doch mit diesem Arzt weiterzudiskutieren, erscheint ihr nicht zielführend.

»Wann genau ist sie denn nun ertrunken?«, hakt sie stattdessen nach.

»Nun, ich war nicht dabei. Aber basierend auf den Ergebnissen der durchgeführten Untersuchungen würde ich sagen, zwischen ein und drei Uhr nachts.«

»Und wie, denken Sie, ist sie gestorben?«

»Das sagte ich doch bereits. Auch dieses Mädchen ist bedauerlicherweise ins Wasser gegangen.«

Sophie verdreht innerlich die Augen und spürt, wie sich ihre Hände ganz von selbst zu Fäusten ballen. Kein Wunder – diese passiv-aggressiv überhebliche Art, die dieser Mensch an den Tag legt, lässt ihren Blutdruck weit über den gesunden Wert hinaus steigen.

»Dr. Emmermann, ich bin erst zwei Tage hier, aber dass die Gezeiten hier alle zwölf Stunden ungefähr gleich sind, weiß sogar ich. Also herrschte um zwei Uhr nachts annähernd der gleiche Wasserstand im Watt wie um zwei Uhr nachmittags, als wir sie gefunden haben. Zu diesem Zeitpunkt war das Wasser knietief. Wollen Sie mir jetzt weismachen, Eske hat sich selbst unter das seichte Wasser gedrückt? Weil das die Druckstellen erklären würde?«, lässt sie ihrem Zynismus nun freien Lauf.

Emmermann reagiert mit einem eingeschnappten Tonfall.

»Was haben Sie bloß immer mit diesen Druckstellen? Die

sieht man fast nicht, und die hätte sie sich beim Untertauchen auch zuziehen können. Man stößt sich leicht mal irgendwo.«

Sophie strafft die Schultern und reckt ihr Kinn hoch. Ihrer Meinung nach wurde ohnehin genug diskutiert. Bereits das erste tote Mädchen war eines zu viel.

»Ich bestehe auf eine Autopsie und einen Tox-Screen. Ich will wissen, was sie zum Zeitpunkt ihres Todes im Blut hatte.«

Aiko Emmermanns Mundwinkel verziehen sich nach unten. Nichtsdestotrotz wäscht er sich in aller Ruhe die Hände, bevor er sich zu einer Antwort herablässt. »Dafür bin ich der falsche Ansprechpartner. Soweit ich weiß, müssen Sie sich mit Ihrem Begehren an die Staatsanwaltschaft wenden – allerdings brauchen Sie dafür die Unterschrift Ihres Vorgesetzten. In meinem Bericht wird jedenfalls stehen, dass kein Hinweis auf Fremdeinwirkung vorliegt.«

Sein dämliches Grinsen bringt ihr Blut nur noch mehr in Wallung. Mit einem Puls weit jenseits des Komfortbereichs packt sie die in Plastik verpackte Kleidung der Toten und verlässt die Kellerräumlichkeiten des Klinikums.

25

Rüdiger Thomsen sitzt unschlüssig in seinem Land Rover und starrt auf den Vorgarten der Familie Feddersen. Er ist sehr dekorativ gestaltet. Links und rechts des Haustors befinden sich zwei Löwen aus Stein, die auf hüfthohen Säulen sitzen. Sicher wurden sie irgendwann mal angeschafft, um Unheil von den Bewohnern abzuhalten. Nun, was das betrifft, haben sie kläglich versagt.

Ganz bestimmt geht Silke drinnen vor lauter Sorge auf und ab. Schließlich lebt er schon lange genug, um zu wissen, wie das ist, wenn sich Hoffnung und Verzweiflung um den plötzlich so beengten Platz in der Brust streiten.

Wenn er jetzt hineingeht, ändert das alles. Ihr Leben wird nie wieder dasselbe sein. Die Weichen sind gestellt, und es gibt nichts, was er dagegen tun kann.

Mit einem Seufzer aus seinem tiefsten Inneren steigt er aus dem Auto.

Sein Handy läutet. Als er auf dem Display sieht, dass es Aiko Emmermann ist, hebt er ab.

»Moin Aiko. Was gibts?«

»Alles unauffällig.«

»Kein Fremdverschulden?«

»Nee, sieht nach Suizid aus. 'Ne Nachahmungstat eben. Deiner Neuen, dieser Meerkatz, passt das überhaupt nicht. Die dreht so richtig dick auf, mit Autopsie, Tox-Screen und weiß der Teufel noch alles. Glaube mir – mit der wirst du noch alle deine Sünden abbüßen.«

»Du sagst es«, brummt Thomsen, verzichtet aber darauf, seinem Freund mitzuteilen, wie sehr ihm diese neue Kollegin tatsächlich zusetzt.

»Todeszeit?«

»Zwischen eins und drei.«

»Danke dir.«

Er steckt das Mobiltelefon weg und klopft an die hölzerne Eingangstür. Aufschieben ist schließlich auch keine Lösung.

Silke reißt die Tür auf, als ob sie darauf gewartet hätte, und als sie ihn erkennt, keimt Hoffnung in ihren Augen auf. Doch nur für einen flüchtigen Moment.

Denn der Blick aus seinen traurigen dunklen Augen sagt ihr bereits alles.

Alles, was eine Mutter niemals hören will.

* * *

Silke hat geweint, geschrien, getobt. Der herbeigerufene Notarzt hat ihr Beruhigungsmittel verabreicht, die nun endlich zu wirken beginnen.

Thomsen beobachtet sie, wie sie eingerollt auf ihrer Wohnzimmercouch liegt. Sie ist immer noch schön. Nur der leere Blick, den sie starr auf die Zimmerdecke richtet, gefällt ihm ganz und gar nicht. Ihre Augen hatten immer ein ganz eigenes Funkeln, so voller Lebensfreude. Silke war seine erste Liebe, ein Strohfeuer der Jugend, bevor ihre Lebenswege sie auseinanderführten.

Ein Teil seines Herzens hängt wohl noch immer an ihr. Sie nun so gebrochen zu sehen, geht ihm körperlich nahe. Als ob ein Felsblock ihm den Brustkorb zusammendrücken würde.

Von einem Moment auf den anderen setzt sie sich auf und streift die Decke ab. Ihr Blick ist aufgewühlt.

»Das ist doch ein völliger Unsinn! Eske hat sich nicht umgebracht!«

Thomsen übt sich in Sanftmut und Geduld. Diesen Satz hat er in den letzten Stunden sicher an die zwanzigmal gehört.

»Natürlich ist es für eine Mutter schwer zu verstehen, wenn das eigene Kind...«

»Ja, mag sein. Aber das ist es nicht. Ich kenn doch mein Kind. Eske hätte sich niemals umgebracht. Sie war nicht depressiv – sie war ehrgeizig!«

Thomsen legt sanft seine Hand auf ihre.

»Silke, niemand kann ganz und gar in einen anderen Menschen hineinschauen. Auch nicht ins eigene Kind.«

Empört zieht sie ihre Hand weg.

»Mensch, Rüde, kapier das doch! Eske hat das nicht gemacht. Jemand hat ihr das angetan!«

Er seufzt. »Silke, ich verstehe dich ja, aber es liegt überhaupt kein Hinweis auf Fremdeinwirkung vor...«

»Aber wie kann das sein?«

»Ich weiß es nicht. Soll ich jemanden für dich anrufen?«

Doch bevor Silke die Gelegenheit hat, zu antworten, schellt die Türklingel.

»Jetzt gehts los«, flüstert sie und ihre Augen beginnen unruhig zu flackern. »Die Nachbarn haben es erfahren. Sie werden mich mit ihrem Mitleid ersticken.«

»Ich gehe.« Thomsen erhebt sich und geht zur Tür. Doch als er sie öffnet, trifft ihn der zornige Blick seiner neuen Oberkommissarin bis ins Mark.

»Herr Hauptkommissar! Ich bin keine Polizeischülerin mehr! Ich möchte jetzt auf der Stelle mit Frau Feddersen sprechen.«

Statt einer Antwort zieht er die Eingangstür auf und lässt sie eintreten. So sehr er sich über die nervige Art der neuen

Kollegin ärgert, der Zeitpunkt ihres Auftauchens ist nicht der Schlechteste. Vielleicht kann sie der verzweifelten Silke die Flausen austreiben.

Doch er sollte sich täuschen.

Die Berliner Oberkommissarin mit den rotbraunen Locken setzt sich zu Silke auf die Couch und nimmt ihre Hand.

»Frau Feddersen, ich bin die neue Kommissarin hier, und im Gegensatz zu dem Arzt, der Ihre Tochter untersucht hat, bin ich der Meinung, dass sie nicht freiwillig ins Wasser gegangen ist.«

Silkes Augen weiten sich und sie schnappt nach Luft.

»Rüde! Hörst du das? Hörst du das? Ich wusste es! Jemand hat das meinem Mädchen angetan. Und ich will, dass er dafür bezahlt!«

26

»Auf ein Wort«, knurrt Thomsen und nötigt die neue Kollegin vor die Tür. Was er ihr zu sagen hat, ist nicht für Silkes Ohren bestimmt.

»Sind Sie von allen guten Geistern verlassen?«, bellt er los, kaum dass sie im Vorgarten stehen. »Wie können Sie so etwas vor der Mutter des toten Mädchens sagen? Ihre Theorie ist völlig haltlos – ganz im Gegenteil, Dr. Emmermann...«

»Hören Sie mir bloß mit diesem Emmermann auf!«, pfaucht Sophie. »Der ist ein Landarzt mit einem Gottkomplex. Eingebildet bis zum Gehtnichtmehr und frauenfeindlich noch dazu.«

»Aber...«

»Bei wie vielen Autopsien waren Sie schon dabei?«

»Äh, also das...«

»Also, ich habe schon etliche gesehen. Und noch dazu welche, die von Top-Rechtsmedizinern durchgeführt wurden. Ich habe sehr viel gelernt dabei. Und ich habe Druckstellen auf der Brust des Mädchens entdeckt. Zart und kaum wahrnehmbar, zugegeben, aber sie sind da. Ganz so, als ob sie unter Wasser gedrückt worden wäre. Davon abgesehen hätte man spätestens bei der zweiten jugendlichen Leiche sofort eine Blutuntersuchung anordnen müssen – um festzustellen, ob jemand mit irgendwelchen Substanzen den Widerstand seiner Opfer herabgesetzt hat.«

»Um Himmels willen, Frau Kollegin!« Thomsen rauft sich die Haare. »Sie machen aus tragischen Selbstmorden eine Mordserie. Als ob wir in Husum einen Serientäter hätten! Ich bin hier seit über zwanzig Jahren tätig, Sie können mir glauben, bei uns gibt es so gut wie keine Verbrechen.«

Sophie sieht ihn an wie eine Schlange kurz vorm Biss.

»Ich bin überzeugt davon, hier gibt es genauso viele Verbrechen wie überall anders auch. Bloß haben Sie bisher versagt, sie als solche zu erkennen.«

»Also, das ist jetzt wirklich eine Frechheit!«

»Nein. Es ist die Wahrheit. Eine Frechheit ist, wie Dr. Emmermann seinen Status missbraucht und mit seiner Inkompetenz dazu beiträgt, dass Mörder ungeschoren davonkommen.«

Thomsen bleibt für einen Augenblick die Luft weg. Unglaublich, wie diese rotgelockte Person die Tatsachen verdreht.

»Das geht nun wirklich zu weit!«

Doch die neue Kommissarin, die ihm gegen seinen Willen unterstellt wurde, denkt offenbar nicht daran, das kleinste bisschen nachzugeben. Ganz im Gegenteil. Sie steckt ihre widerspenstigen Locken hinter die Ohren und starrt ihn mit ihren nougatbraunen Augen zornig an.

»Sie haben die Mutter doch gehört. Eske hätte sich nie und nimmer umgebracht. Sie war sechzehn Jahre alt und hatte große Ziele. Hat sie es nicht verdient, dass wir uns dafür interessieren, was wirklich geschehen ist? Und ihre Mutter? Was ist mit ihr? Sie braucht diese Gewissheit. Denken Sie nicht?«

Thomsen schluckt. Silke ist leider seine Achillesferse. Er weiß, sie würde ihm nie verzeihen, wenn er nicht alles versuchen würde, um den Tod ihrer Tochter aufzuklären.

»Sie bringen uns in Teufels Küche, wenn Sie sich irren!«, lenkt er deshalb zähneknirschend ein. »Aber in Gottes

Namen, lassen wir sie eben obduzieren. Ich werde mit dem Staatsanwalt telefonieren.«

»Das reicht mir nicht!«

»Wie bitte?« Thomsen glaubt, sich verhört zu haben. *Was will dieses Weib denn noch?*

»Inga Löffen muss ebenfalls autopsiert werden. Mit ihr fing alles an. Ich bin überzeugt davon, sie ist der Schlüssel zu diesem Fall.«

Thomsen spürt, wie sein Blutdruck durch die Decke geht. Kaum reicht er dieser Frau den kleinen Finger, will sie die ganze Hand.

»Das geht nicht«, stößt er beherzt hervor. »Damit machen Sie den ganzen Ort rebellisch. Haben Sie eine Ahnung, was hier los ist, wenn sich rumspricht, dass Sie denken, ein Killer bringt in Husum reihenweise junge Mädchen um?«

Nun lehnt sie sich gegen die Wand und sieht ihn kalt an.

»Haben Sie eine Ahnung, was hier los ist, wenn Sie auf Untätigkeit bestehen und deshalb ein drittes Mädchen sein Leben verliert? Dann ist Ihr Kopf ab! Aber ich mache Ihnen einen Vorschlag zur Güte: Sie stimmen meinem Anliegen zu, und sollte ich unrecht haben, reiche ich meine Versetzung ein. Dann sind Sie mich los. Sie haben mein Wort.«

Thomsen bemüht sich angestrengt, seinen Puls unter Kontrolle zu bringen. Diese Meerkatz treibt ihn in den Wahnsinn, seit sie hier angekommen ist. Eine Gelegenheit, sie wieder loszuwerden, kommt vielleicht so schnell nicht wieder. Gleichzeitig könnte er vor Silke als Held dastehen, wenn er für sie die Welt auf den Kopf stellt. Und das Chaos in Husum? Nun, das würde sich irgendwann wieder legen.

»Meinetwegen«, brummt er deshalb. »Aber nur, wenn Ingas Mutter zustimmt.«

»Gut. Ich fahre gleich zu ihr.«

Nach zwei Schritten dreht sie sich nochmals zu ihm um

und er spürt, wie sein Puls neuerlich in die Höhe schnellt.

»Was denn noch?«, blafft er.

»Ich möchte Sie bitten, die Staatsanwaltschaft *sofort* zu kontaktieren«, sagt Sophie nun ausgesucht höflich. »Wichtig ist, dass wir nicht noch mehr Zeit verlieren.«

27

Zwei Straßen weiter stoppt Sophie den Dienstwagen am Straßenrand. Sie steigt aus, geht ein paar Schritte und atmet ein paar Mal kräftig durch.

Nirgendwo musste sie bisher so kämpfen wie in diesem romantisch verträumten Küstenort. Als ob der Verdacht, hier könnte ein Verbrechen passiert sein, nur eine obszöne Fantasie ihrer kranken Seele wäre!

In Berlin wäre ein solch tölpelhaftes Vorgehen undenkbar gewesen. Bei Vorliegen eines Verdachts wurden Untersuchungen genehmigt. Und sie hatte immer einen guten Spürsinn bewiesen. In der Mehrzahl jener Verdachtsfälle, die auf dünnem Eis standen, hatte sie recht behalten.

Dieser Thomsen hat offenbar über Jahre das Wegsehen institutionalisiert. Unterstützt von einem Leichenbeschauer, der dringend zur Nachschulung müsste.

Sie schüttelt sich wie ein nasser Hund, um all die negativen Gefühle loszuwerden. Dann fischt sie ihr Handy aus der Jackentasche und wählt Alex' Nummer.

»Schätzchen, was macht die Meeresluft?«, flötet ihre Freundin gut gelaunt.

»Die weht mir ganz schön rau um die Nase!«

»Ach! Und ich hatte gehofft, du hättest einen amüsanten Abend!«

»Hatte ich auch, aber das ist gefühlt schon wieder eine

Ewigkeit her«, schnaubt Sophie. »Außerdem stellte sich raus, dass der schnuckelige Typ der Halbbruder von meinem Kollegen ist!«

»Nein, hast du aber ein Pech!« Alex kichert. »Von diesem Thomsen?«

»Nein, von Jasper Hinrichs. Bei dessen Mutti ich wohne.«

»Das wird ja immer besser.« Alex am anderen Ende der Leitung gluckst amüsiert.

Sophie muss nun auch lachen.

»Ja, wenns dick kommt, kommts dick. Aber ich ruf aus einem anderen Grund an. Ich brauche hier einen Kollegen von dir – einen Rechtsmediziner, der nicht in die Kategorie Thomsen und Emmermann fällt, sondern einen Könner seines Fachs. Einen, der hier im Umkreis tätig ist, und der bereit wäre, sich meine toten Mädchen ganz genau anzusehen. Und es eilt. Wir haben schon so viel Zeit verloren.«

»Verstehe. Ich kümmere mich drum. Ich schick dir die Kontaktdaten aufs Handy.«

»Du bist ein Schatz!«

Sophie streicht sich eine Haarsträhne aus der Stirn und setzt sich wieder ans Steuer. Das nächste Gespräch wird deutlich schwieriger werden. Hoffentlich ist Ingas Mutter in halbwegs ansprechbarer Verfassung.

28

Silke hatte ihn tatsächlich mit Dankbarkeit belohnt, als er ihr von seinem Meinungswechsel berichtete, und so war Rüdiger Thomsen entsprechend engagiert bei seinem Telefonat mit dem zuständigen Staatsanwalt. Der Bericht von Dr. Emmermann war bei beiden Todesfällen ein gewisses Hindernis, welches er aber, ohne mit der Wimper zu zucken, mit genau jenen Argumenten beseitigte, die er bei seiner neuen Kollegin vorhin ins Lächerliche gezogen hatte. Letztlich klappte die benötigte Anordnung ohne gröbere Anstrengungen.

Zurück im Büro macht er sich daran, diese auch umzusetzen. Die Mitglieder seines Teams sind über diese Entwicklung durchaus erfreut.

»Das finde ich großartig, Chef«, lobt Svenja. »Ich denke nämlich auch, dass da mehr dahinterstecken könnte.«

»Ach ja? Denkst du das?«

»Ja, ich hab mit Klara – meiner Schwester – telefoniert. Sie ist im gleichen Alter wie Inga und Eske. Sie waren zwar nicht befreundet im engeren Sinne, aber sie kannten sich. Du verstehst schon.«

»Natürlich«, brummt Thomsen. Mehr als die Hälfte seines Bekanntenkreises rekrutiert sich aus seiner eigenen Jugendzeit.

»Jedenfalls findet Klara das total merkwürdig mit diesen Selbstmorden. Bei Inga konnte sie es schon schwer glauben, aber bei Eske . . . sie sagte wortwörtlich, Eske wäre so ein Typ gewesen, die hätte eher noch alle anderen umgebracht als sich selbst. Sie war wie ein Bulldozer, wenn sie etwas wollte.«

»Und was wollte sie?«

»In erster Linie reich werden. Reich und berühmt. Hat immer von der Hotelkette geredet, die sie mal besitzen würde.«

»Hmm«, brummt Thomsen. In seinem Kopf rattert es. Können junge Mädchen von einem Moment auf den anderen ihre Meinung ändern und ihr Leben wegwerfen? Oder könnte womöglich am Verdacht dieser Meerkatz etwas dran sein? Hatte sein Segelfreund Aiko tatsächlich geschlampt?

»Danke fürs Nachfragen, Svenja. Sei bitte so nett und frag deine Schwester noch, mit wem Eske häufig unterwegs war. Wir müssen mit allen engen Freundinnen und Freunden reden.«

»Ich hab auch etwas herausgefunden«, meldet sich Jasper ein wenig zögerlich zu Wort und verzieht dabei das Gesicht, als ob er Zahnschmerzen hätte. »Ich habe die Kleidung von Eske durchgesehen und das hier entdeckt.«

Widerwillig reicht er seinem Chef eine kleine Plastiktüte, die eine Visitenkarte enthält. »Die steckte in der linken Gesäßtasche ihrer Jeans.«

Er sieht dabei so unglücklich drein, dass Thomsen es nicht ignorieren kann.

»Was ist so schrecklich daran?«

»Das ist Ennos Visitenkarte. Enno Arens, Chef. Das ist mein Halbbruder.«

Thomsen holt tief Luft. *Auch das noch.*

»Heiliger Bimbam! Wir werden mit ihm sprechen müssen, da führt kein Weg dran vorbei. Also, bring ihn so schnell wie möglich her.«

29

Sophie parkt gerade das Dienstfahrzeug vor dem Haus der Familie Löffen, als ihr Handy mit einem eindringlichen Piepton das Einlangen einer Nachricht meldet.

Sie ist von Alex.

>Dein Mann heißt Dr. Evando Kouskouris. Er hat griechische Wurzeln, ist aber in Hannover aufgewachsen und wohnt aktuell in Cuxhaven. Ich kenne ihn persönlich von einer Tagung und er ist absolut top. Und eine Augenweide obendrein :-)<

Sophie schickt ein schnelles *Danke* retour und wählt die Nummer, die ihre Freundin mitgeschickt hat. Zu ihrer Enttäuschung kommt sie nur auf die Mobilbox. Also fasst sie ihr Anliegen kurz zusammen, richtet liebe Grüße von Dr. Alexandra Müller aus und bittet um einen raschen Rückruf.

Danach packt sie ihr Handy in die Tasche, steigt aus dem Auto und quert den Vorgarten der Familie Löffen.

Noch bevor sie läutet, öffnet Bjarne Löffen ihr die Tür. Sein Blick verdunkelt sich, als er sie erkennt.

»Verhaften Sie mich?«

Sophie schüttelt den Kopf.

»Nein. Darf ich reinkommen? Es geht um Inga.«

Der junge Mann weicht zurück und gibt die Tür frei.

Sophie atmet tief ein. Das wird kein Zuckerschlecken. Auch wenn Ingas Familie Klarheit will, eine Autopsie und damit verbunden die Verschiebung des bereits geplanten

Begräbnisses ist zweifellos eine große Belastung.
»Ist Ihre Schwester auch hier?«
Bjarne nickt.
»Dann holen Sie sie bitte. Und Ihre Mutter auch. Ich muss etwas Wichtiges mit Ihnen allen besprechen.«

30

Kommissar Thomsen begrüßt den Mann um die dreißig, der bereits im Vernehmungszimmer wartet.

Er wirkt ein wenig angesäuert.

»Warum bin ich hier? Mein Bruder hat nur um den heißen Brei herumgeredet.«

Thomsen setzt sich zu ihm.

»Herr Arens, entschuldigen Sie die Unannehmlichkeiten, aber vielleicht können Sie uns helfen«, beginnt er ausgesucht höflich. »Wir würden gerne mehr über Eske Feddersen erfahren.«

»Eske Feddersen? Wer soll das sein? Eines von den Mädchen, die ertrunken sind?«

»Ja, ganz genau. Sie war Azubi im Anker und arbeitete an der Rezeption.«

»Aha. Das ist natürlich tragisch. Aber ich habe kein Bild zu diesem Namen.« Arens zieht bedauernd die Schultern hoch.

»Hellblonde Locken, blaue Augen, sehen Sie mal hier«, erläutert Thomsen und zieht ein Foto aus der Tasche, das Silke Feddersen ihm ursprünglich für die Suche nach ihrer Tochter gegeben hat.

»Ah, ja. Die ist mir im Anker über den Weg gelaufen.«

»Wann genau?«

»Schwer zu sagen, vor zwei oder drei Tagen. Meine Bilder haben ihr gefallen.«

»Welche Bilder?«

»Hat Jasper das nicht erzählt? Ich bin Maler. Gunnar stellt jedes Jahr Bilder von mir aus. Immer, wenn ich auf Heimaturlaub bin.«

»Mhm.«

Dunkel dämmert es Thomsen, dass Jasper mal erwähnt hat, dass sein Halbbruder ein erfolgreicher Maler ist.

»Sie haben also Zeit mit dem Mädchen verbracht? Abends?«, setzt er seine Befragung fort.

»Warum denn abends? Nein, es war an einem Vormittag. Ich habe ausgiebig gefrühstückt. Auf der Hotelterrasse. Sie kam vorbei und hat mir Komplimente gemacht – über meine Bilder.«

»Und dann?«

»Nichts dann. Ich hab weiter gefrühstückt. Ich verstehe ohnehin nicht, warum Sie ausgerechnet mich befragen. Alle anderen Leute im Hotel hatten mehr Kontakt mit ihr. Ihre Kolleginnen, Gunnar . . .«

»Das mag sein, aber als Eske Feddersen starb, hatte sie Ihre Visitenkarte dabei. Und zwar nur Ihre.«

»Und?« Enno Arens verzieht das Gesicht.

»Das ist doch auffällig, oder?«

»Warum? Meine Visitenkarten liegen bei den Bildern zu Dutzenden rum. Sie wird sich eine genommen haben.«

»Oder Sie haben sie ihr aufgedrängt.«

»Wozu? Sie gehört nicht zu meiner Klientel. Das Mädchen ist . . . war . . . eine Jugendliche in Ausbildung. Ihr fehlte das nötige Kleingeld.«

»Nun, vielleicht ging es gar nicht um die Gemälde. Eske war hübsch und sie wollte Karriere machen. Vielleicht ging es um ihre Jugend?«, verdeutlicht Thomsen seinen Vorwurf.

Sein Gegenüber ärgert die Unterstellung sichtlich.

»Das ist lächerlich. Einfach nur lächerlich. Ich werde jetzt wieder gehen – oder wollen Sie mich wegen einer Visitenkarte verhaften?«

»Nicht so schnell. Wo waren Sie gestern Abend?«

»In der *Krabbe*. Das ist die Strandbar von Ella Hinrichs auf Nordstrand«, erwidert Arens mit angesäuerter Miene.

»Die kenn ich«, brummt Thomsen. »Hat Sie dort jemand gesehen?«

»Klar. Alle, die dort waren.«

»Jemand, den ich fragen kann?«

»Tun Sie sich bloß keinen Zwang an, fragen Sie, wen Sie wollen.«

»Witzig.« Thomsen ärgert sich zunehmend über die Art und Weise, wie dieser Arens ihn für dumm verkaufen will. »Ich meinte, können Sie mir jemanden nennen? Eine konkrete Person vielleicht, die ihr Alibi bestätigen kann?«

»Ach so«, Arens lehnt sich nun grinsend zurück. »Lassen Sie mich mal überlegen . . .«

Während der Mann, der ihm gegenübersitzt, nun so tut, als ob er angestrengt nachdenkt, spürt Thomsen, wie er langsam aber sicher die Geduld verliert. »Vielleicht beschleunigt es ja Ihre Überlegungen, wenn wir uns über Ihre Vorstrafen unterhalten?«

31

Das Gespräch mit der Familie Löffen verläuft wie erwartet schwierig. Sophie muss einmal mehr feststellen, dass bei vielen Menschen die Logik da endet, wo Gefühle beginnen.

Ausgerechnet Bjarne ist nun vehement gegen eine Autopsie seiner kleinen Schwester. Die bloße Vorstellung, was mit ihrem Leichnam bei dieser Untersuchung passiert, lähmt jede Vernunft. Anna Löffen hingegen meldet sich kaum zu Wort, so als ob sie keine eigene Meinung hätte.

Ingas Mutter verhält sich wie ein Segel im Wind. Sie stimmt Sophie zu, die für die Obduktion eintritt und ihrem Sohn, der sich dagegen sträubt. Je nachdem, wer gerade spricht.

Nach einer Stunde ist Sophie am Ende ihrer Geduld angelangt und beschließt, von der sachlichen auf die emotionale Ebene zu wechseln. Sie blickt Barne direkt an.

»Das blaue Auge, das Sie Sven Döring verpasst haben, meinen Sie, das ist Strafe genug, wenn er wirklich etwas mit dem Tod Ihrer Schwester zu tun hat?«, fragt sie scharf, wohl wissend, dass sie sich hiermit auf ein gefährliches Terrain begibt. Schließlich ist Ingas Bruder schon einmal handgreiflich gegen Döring geworden.

»Natürlich nicht. Ich wünschte, ich könnte ihn . . .«

»Sch . . .« Anna versucht, beruhigend auf ihren Bruder einzuwirken. »Du redest dich hier um Kopf und Kragen.«

»Wo wollen Sie ihn sehen? Hier am Hafen genüsslich

sein Bier trinkend oder hinter Gittern – lebenslang?«, setzt Sophie das Spiel mit dem Feuer fort.

»Was für eine Frage!«

»Ohne Beweise haben wir leider nichts gegen ihn in der Hand.«

»Und diese Untersuchung würde Beweise liefern?«, fragt Anna.

»Davon gehe ich aus.«

»Bjarne, komm schon. Das sind wir ihr schuldig«, macht Anna nun ebenfalls Druck.

Endlich nickt der junge Mann mit den verstrubbelten Haaren, und dieses Nicken überträgt sich auch auf Ingas Mutter.

Sophie steht erleichtert auf. »Das ist die richtige Entscheidung. Ich werde mich nun um alles kümmern und Sie auf dem Laufenden halten.«

Zurück im Dienstwagen atmet sie tief durch. Dieses Gespräch hat sie viel Kraft gekostet. Erleichtert, dass die Dinge nun ihren Lauf nehmen können, ruft sie ihren Kollegen an und ersucht ihn, alles Nötige zu veranlassen, um Ingas Leichnam, der bereits beim Bestatter liegt, ins Klinikum überführen zu lassen, wo die Autopsie stattfinden kann.

»Wird erledigt«, murmelt er tonlos.

Sophie legt ein wenig irritiert auf. Sie kennt Jasper zwar erst seit zwei Tagen, doch war er in diesem Zeitraum ein Paradebeispiel für unverwüstliche gute Laune – auf eine ruhige, sanftmütige Art. Hätte sie nachfragen sollen, was mit ihm los ist?

Das Klingeln ihres Diensthandys reißt sie aus ihren Gedanken. Die Nummer, die das Display zeigt, ist ihr nicht bekannt.

»Ja?«

»Moin, hier spricht Dr. Kouskouris.«

»Ah . . .« Sophies Gesicht hellt sich auf. »Danke für den Rückruf. Ich habe folgendes Problem . . .«

»Entschuldigung, wenn ich Sie gleich unterbreche. Unsere gemeinsame Freundin Alexandra hat mich gebeten, keine Zeit zu verlieren. Deshalb sollten Sie wissen, dass ich bereits auf dem Weg bin. Je nach Verkehr brauche ich noch etwas mehr oder weniger als eine Stunde. Wenn Sie alles organisieren, kann ich sofort loslegen. Wollen Sie dabei sein?«

»Ja. Vielen Dank. Wir sehen uns dann gleich im Klinikum Husum.«

* * *

Vor der Polizeiinspektion ist Svenja in eine hitzige Diskussion mit einem schlaksigen Kerl in ihrem Alter verstrickt.

»Los, hau ab!« Sie stupst ihn.

»Wieso? Fragen ist ja wohl nicht verboten.« Der junge Mann schüttelt sein flachsblondes Haar und lacht.

»Du sollst dich verpissen!«

»Nanana, wieso denn so unhöflich?« Als er eine attraktive Frau Anfang dreißig mit rötlich braunen Locken entdeckt, die auf den Eingang zueilt, wird sein Lächeln noch eine Spur breiter.

»Ist sie das?«

»Ja.«

»Du hast mir nicht gesagt, dass sie so gut aussieht!«, trötet er lautstark und stellt sich Sophie in den Weg.

Svenja starrt verlegen zu Boden.

»Ich bin Matjes, Svenjas Bruder. Brauchen Sie vielleicht

ein Auto? Ein richtig geiles, neu überholt?« Dabei deutet er auf einen grellgelben Pick-up, der die Ausfahrt verstellt.

»Besser nicht«, flüstert Svenja.

»Wollen Sie mal Probe fahren?« Matjes macht eine einladende Handbewegung.

»Es tut mir leid«, flüstert Svenja, der man ansehen kann, wie peinlich ihr die Situation ist. »Mein Bruder hat sich vorgenommen, Verkäufer des Monats zu werden.«

»Ist schon okay, das ist ein hehres Ziel. Und ich brauche tatsächlich einen fahrbaren Untersatz«, meint Sophie. Anfänglich ein wenig irritiert, nimmt sie nun das Fahrzeug neugierig in Augenschein.

»Siehst du!« Matjes bedenkt seine Schwester mit einem triumphierenden Lächeln und beeilt sich, für die potenzielle Käuferin die Fahrertür aufzureißen.

»Ist ein Nissan Navara, Baujahr 2008. Mit 174 PS. Der geht ab wie 'ne Rakete! Dazu Ledersitze, außen liegende Seitenspiegel und eine Drei-Weg-Lenkung: Links, rechts und geradeaus.« Matjes grinst von einem Ohr bis zum anderen.

»Sehr witzig. Haha.« Sophie wirft ihm einen tadelnden Blick zu, muss dann aber doch schmunzeln. Außerdem gefällt ihr das Auto. »Ich schlage Folgendes vor: Ich teste das Teil bis morgen Mittag, und dann reden wir weiter.«

Matjes kratzt sich ein wenig unschlüssig am Hinterkopf, rückt aber dann die Wagenschlüssel raus. »In Ordnung.«

»Dann sehen wir uns morgen.« Sophie winkt ihrer Kollegin zum Abschied.

»Wenn er anspringt«, murmelt Svenja und boxt ihren Bruder in die Rippen.

32

Dr. Evando Kouskouris hat das Aussehen eines griechischen Adonis. Groß, dunkelhaarig, mit ausdrucksvollen braunen Augen und einer schlanken Statur. Ganz bestimmt kommt ein sexy Sixpack zum Vorschein, wenn man sein Hemd aufknöpft, denkt Sophie und streckt ihre Hand zur Begrüßung aus.

»Ich bin sehr froh, dass Sie so schnell herkommen konnten«, sagt sie mit einem dankbaren Lächeln.

Er erwidert ihr Lächeln und entblößt weiße, ebenmäßige Zähne.

»Sagen wir, Alexandra hatte was gut bei mir. Nun, dann lassen Sie uns keine Zeit verlieren.«

Er streift sich die Schutzkleidung über und deutet auf ein entsprechendes Set für Sophie, während einer der Assistenten die Leiche bereits vorbereitet.

»Eske Feddersen«, liest Dr. Kouskouris vom beiliegenden Bericht ab. »Ist sie das erste der beiden Mädchen?«

»Nein. Das zweite.«

»Wurde bereits ein Tox-Screen gemacht?«

»Leider nein.«

»Das ist schade. Je früher, desto besser. Viele Substanzen werden durch den Verwesungsprozess verändert. Vermuten Sie, dass das Mädchen unter Drogen gesetzt wurde?«

»Eigentlich weiß ich nicht, was ich vermute. Es ist mehr

so, dass ich das Gefühl habe, es könnte jemand bei dem Tod der beiden Mädchen nachgeholfen haben.«

»Nun gut, gehen wir es an.«

Dr. Kouskouris schaltet das Diktiergerät ein und macht sich an die Arbeit.

Sophie schaut zu, wie er Stück für Stück den blassen, seifig wirkenden Körper untersucht. Er macht einen so hoch konzentrierten Eindruck, dass sie es nicht wagt, auch nur eine einzige Zwischenfrage zu stellen.

Nachdem er auch die Rückseite des Leichnams akribisch betrachtet hat, beginnt er von selbst wieder zu sprechen.

»Ich werde jetzt schneiden. Wenn Sie hierbleiben wollen, setzen Sie bitte den Spritzschutz auf.«

»Okay.«

Dr. Kouskouris setzt zum Ypsilonschnitt an und der Assistent hält den Rippenspreizer bereit.

Sophie presst die Lippen aufeinander und atmet automatisch flacher. Wieder begleitet der Rechtsmediziner seine Tätigkeit mit einer ausführlichen Aneinanderreihung lateinische Begriffe. Ein Organ nach dem anderen landet auf der Waagschale.

Er arbeitet akribisch und zügig zugleich und Sophie gefällt die sachliche Kompetenz, die er ausstrahlt.

»Wollen wir das Ergebnis draußen besprechen?«, fragt er nach einer gefühlten Ewigkeit.

»Ja bitte«, antwortet sie mit unverhohlener Erleichterung.

Im Gastgarten des Klinikcafés finden sie einen abgelegenen Tisch, der sich dafür eignet. Und eine Tasse Kaffee zwischendurch ist grundsätzlich nie verkehrt. Dr. Kouskouris trägt nun wieder sein charmantes Lächeln zur Schau.

»Ich will Sie nicht länger auf die Folter spannen, Eske Feddersen ist eindeutig ertrunken. Obwohl sie kein Wasser in der Lunge hat.«

Sophies Kiefer sackt ein Stück ab. Doch der Rechtsmediziner lässt sich davon nicht abhalten, die Situation genauer zu erklären.

»Wer ertrinkt, erstickt. Das passiert folgendermaßen: Durch das Wasser, das in die Atemwege gelangt, verkrampft sich die Stimmritze im Kehlkopf. Der Stimmritzenkrampf ist eigentlich als Schutzmechanismus gedacht, er soll verhindern, dass Flüssigkeit in die Lunge gelangt. Der Sauerstoffmangel, der sich zwangsläufig ergibt, führt dazu, dass die Ertrinkenden ohnmächtig werden. Bei den meisten Menschen löst sich der Stimmritzenkrampf während des Ertrinkens nicht. Bei einigen wenigen schon. Wenn dann eingeatmet wird, gelangt Wasser in die Lunge. Früher wurde deshalb zwischen nassem und trockenem Ertrinken unterschieden. Doch wirklich Sinn ergibt diese Unterscheidung nicht, denn entscheidend ist letztlich der Sauerstoffmangel.«

»Tja«, sagt Sophie und kräuselt ihre Nase. »Alles klar, dann ist es eben so.«

»Ja, die Todesursache steht somit fest. Eskes Körper teilt uns jedoch auch einiges darüber mit, was zuvor passierte«, fährt Dr. Kouskouris fort. »Zunächst einmal – falls dies für die Ermittlungen relevant sein sollte – sie war keine Jungfrau mehr.«

»Wurde sie . . .?«

»Nein, wurde sie nicht. Es gibt keine Hinweise auf sexuelle Gewalt. Allerdings hat sie etliche Blutergüsse und Abschürfungen an den Gliedmaßen und am Torso. Die sind teilweise vor und teilweise nach ihrem Tod entstanden. Die Verletzungen nach dem Tod sind sogenannte Treibspuren, die durch das Hin- und Herschwappen der Leiche im Watt entstanden sind. Steine, Schlamm, Beton von Uferbefestigungen, sie kann gegen alles Mögliche gestoßen sein.«

»So was Ähnliches hat Dr. Emmermann auch gesagt«,

erwidert Sophie, die ihre Enttäuschung kaum verbergen kann.

»Sie hat aber auch Verletzungen, die eindeutig vor ihrem Tod entstanden sind«, setzt der sympathische Pathologe fort. »Und die sind sehr interessant. Sie sind typisch für Stürze, die durch Stolpern entstehen. Leichte Abschürfungen, kleine Hämatome. Nichts Dramatisches. Allerdings sind sie bei diesem Mädchen in der Häufung auffällig. Ich würde sagen, sie ist mehrmals gestürzt, bevor sie im Wasser landete. Das kann auf eine Beeinträchtigung hindeuten, wie beispielsweise Schwindel. Ausgelöst durch Alkohol, irgendwelche Halluzinogene oder irgendetwas anderes.«

»Wollen Sie damit sagen, Eske ist die Schobüller Seebrücke entlanggestolpert und immer wieder hingefallen, bis sie sich ins Wasser geworfen hat?«

»Klingt unwahrscheinlich, nicht wahr? An dieser Stelle muss ich noch die Druckstellen an der Brust und an den Schultern erwähnen. Die deuten meiner Meinung nach eher darauf hin, dass jemand sie mit Gewalt unter Wasser gedrückt oder zumindest am Auftauchen gehindert hat.«

»Genau das habe ich mir auch gedacht. Und diese Druckstellen können nicht vom Stolpern und Hinfallen kommen?«

»Nein. So wie die aussehen, haben Finger dagegengedrückt. Und der Griff, mit dem sie unter Wasser gedrückt wurde, wurde mehrmals geändert, was darauf schließen lässt, dass sie auftauchen wollte.«

»Sind Sie sich da ganz sicher?«

»Ja. Auch aufgrund des Zustands ihrer Fingernägel. Die sind eingerissen oder abgebrochen. Bei einem Finger ist auch eine Verletzung zu sehen, die durch das gewaltsame Umbiegen des Nagels entstanden ist. Für mich besteht kein Zweifel, dass sie sich gegen jemanden gewehrt hat.«

»Also war meine Vermutung doch richtig.« Sophie bläst

sich erleichtert eine Haarsträhne aus der Stirn. »Kann man unter den Fingernägeln noch DNA des Mörders finden, oder hat das Meerwasser diese Spuren längst vernichtet?«

»DNA kann sich ein paar Tage im Wasser halten. Ich habe auf jeden Fall ein paar Abstriche genommen, aber ob und welche genetischen Spuren sich dort finden, kann ich Ihnen nicht sagen. Wenn der Angreifer bekleidet war, wird man nur Spuren von textilem Gewebe erhalten, umgekehrt muss die DNA, falls wir eine finden, nicht vom Mörder stammen.«

»Nicht?«, hakt Sophie überrascht nach.

Evando Kouskouris betrachtet sie mit seinem entwaffnenden Lächeln.

»Nun, wenn Sie Ihrem Freund beim leidenschaftlichen Liebesspiel den Rücken zerkratzen und Sie anschließend in einer Parkgarage erwürgt werden, wird die DNA unter Ihren Fingernägeln trotzdem von Ihrem Freund stammen.«

Sophie reißt die Augen auf. »Ein schreckliches Beispiel. Mein armer imaginärer Freund würde in diesem Fall nicht nur mich verlieren, sondern auch als Hauptverdächtiger vor Gericht enden.«

Dr. Kouskouris schmunzelt. »Oh ja, der hätte voll die Arschkarte gezogen.«

»Und Sie machen heute noch mit der Untersuchung von Inga Löffens Leiche weiter?«, bemüht sich Sophie, die Unterhaltung wieder auf ein sachliches Terrain zurückzubringen.

Dr. Kouskouris schüttelt bedauernd den Kopf.

»Dafür ist es jetzt schon zu spät. Aber ich beginne gleich morgen früh mit ihr. Ergo bin ich heute Abend frei. Wollen wir vielleicht gemeinsam etwas essen? Ich würde dich gerne einladen«, wechselt er nun mit einem Augenzwinkern ins zwanglose *Du*.

Sofort beginnen Sophies innere Alarmglocken zu schrillen. Bloß keine weiteren persönlichen Verstrickungen!

Die Episode mit Jaspers Halbbruder sitzt ihr noch tief in den Knochen – und wer weiß, welche Verwandte dieser griechische Halbgott hat? Außerdem wohnt er nicht allzu weit entfernt und könnte jederzeit wieder vor ihrer Tür stehen.

Sie entscheidet sich für ein entschuldigendes Lächeln.

»Das ist sehr lieb von dir, aber ich werde jetzt dringend im Büro gebraucht. Dank dir haben wir jetzt einen Mordfall, da geht die Arbeit erst richtig los!«

33

Es war gelogen. Arbeit ist für heute abgehakt. Sophie will bloß noch im Büro vorbeischauen, um diesem griesgrämigen Thomsen das Ergebnis der Autopsie persönlich unter die Nase zu reiben.

Sie sehnt sich nach einer Dusche, um die Gerüche der Leichenhalle abzuspülen, möge sie auch noch so beengt sein – und nach einem Bett für sich allein. Schon den ganzen Tag über hat sie unter Schlafmangel als Folge der exzessiven Nacht gelitten.

Im Großraum der Kripo trifft sie bloß Svenja an.

»Fährt er noch?«

»Wer?«, fragt Sophie irritiert zurück.

»Na, der Pick-up.«

»Ach, der. Ja, prima. Ich denke, ich werde ihn behalten.«

Ihre Kollegin verzieht besorgt das Gesicht. »Echt? Also, ich muss dir sagen, die Autos, die mein Bruder verkauft, halten nicht lange...«

»Schon gut, Svenja, du hast mich ja gewarnt. Wo ist Thomsen?«

»Schon seit Stunden im Vernehmungsraum. Scheint, als hätte er sich festgebissen.«

»An wem?«

»An diesem Typen, dessen Visitenkarte in Eskes Hosentasche steckte.«

»Nun, das ist vielleicht nicht verkehrt. Der

Rechtsmediziner, der sie untersucht hat, geht von Mord aus. Sie wurde unter Wasser gedrückt und hat Abwehrverletzungen. Nun steht fest, dass sie sich gegen jemanden gewehrt hat.«

»Nein!« Svenjas Augen werden riesengroß. »Das is ja 'n Ding!«

»Bericht kommt noch. Ingas Leiche ist morgen dran. Sagst du ihm das, bitte?« So gern Sophie ihrem Vorgesetzten das Autopsieergebnis selbst überbracht hätte, so wenig Lust verspürt sie, hier rumzuhocken und auf sein Erscheinen zu warten.

»Klar.« Svenja nickt ihr freundlich zu. »Bis morgen.«

»Bis morgen.«

Die Heimfahrt macht richtig Spaß. Der gelbe Pick-up ist zwar ebenso auffällig wie monströs, aber er fährt sich toll. Und gibt ihr ein Stück Unabhängigkeit.

Sie parkt auf dem Parkplatz des Campingplatzes, gleich neben dem Eingang. Leise schleicht sie sich an dem Wohnhaus der Familie Hinrichs vorbei, in dem auch die Rezeption untergebracht ist, um unbehelligt zu ihrem Mobilheim zu gelangen. Denn für Small-Talk mit Jaspers Mutti fehlt ihr momentan die Energie.

Nach einer schnellen Dusche in der beengten Kabine lässt sie sich erschöpft aufs Bett fallen und schließt die Augen. Doch ihr Schlafbedürfnis muss noch warten, denn das Handy beginnt zu klingeln. Die Nummer, die am Display erscheint, ist ihr nicht geläufig.

»Meerkatz.«

»Moin Frau Kommissarin, hier spricht Frau Eisrut.«

»Frau Eisrut!« Sophie ist überrascht, dass sich die alte Dame, die ihr ein Apartment versprochen hat und dann einfach nicht mehr erreichbar war, endlich meldet. »Was war denn los?«

»Ich möchte mich bei Ihnen entschuldigen, ich hatte einen Kreislaufzusammenbruch und wurde ins Krankenhaus gebracht. Deshalb haben Sie vergeblich auf mich gewartet, auf dem Bahnhof.«

»Oh. Das tut mir aber leid.«

»Sie müssen mir glauben, ich wollte Sie schon eher anrufen, aber im Krankenhaus hatte ich Ihre Nummer nicht mit dabei. Erst heute wurde ich wieder entlassen.«

»Wie schön.« In Sophie keimt ein Funken Hoffnung auf. »Heißt das, ich kann nun in das Apartment übersiedeln?«

»Leider nein. Es tut mir aufrichtig leid, und ich schäme mich richtig, dass ich Sie schon wieder enttäuschen muss. Aber ich brauche Unterstützung im Alltag. Deshalb wird meine Tochter zu mir nach Husum ziehen und daher benötige ich das einzige noch freie Apartment für sie. Sie möchte sich um ihre alte Mutti kümmern, hat sie gesagt. Ist das nicht rührend?«

»Ja, sehr rührend.« Sophie zieht eine Grimasse.

»Aber eigene vier Wände braucht sie schon, hat sie auch gesagt.«

Wer nicht?, denkt Sophie und verdreht die Augen.

»Ich hab ja so ein schlechtes Gewissen Ihnen gegenüber«, plappert Frau Eisrut weiter. »Hoffentlich haben Sie eine nette Alternative gefunden.«

Sophie betrachtet die Kunststoffwände des Wohnwagens.

»Sehr nett, ja. Machen Sie sich um mich keine Sorgen, ich bin hier bestens aufgehoben.«

Sie verabschiedet sich von der alten Dame, schaltet ihr Handy aus und rollt sich auf dem Bett zusammen.

34

Sophie blinzelt. Irgendetwas hat sie geweckt. Ihre Haare sind immer noch nass von der Dusche und draußen ist es noch hell. Lange kann sie nicht geschlafen haben.

Nun meldet sich der Hunger. Sie streckt sich und gähnt.

Sie hat nicht daran gedacht, Essen einzukaufen. Soll sie einfach versuchen, mit knurrendem Magen wieder einzuschlafen?

Ein Geräusch kommt von draußen. Eine klägliche Mischung aus Weinen und Schreien. Vermutlich der Nachwuchs einer der Familien aus den umliegenden Wohnwägen.

Dieses Gejammer will kein Ende nehmen und an Schlaf ist nicht mehr zu denken. Also steckt sie neugierig ihren Kopf aus dem Wohnwagen.

Ein kleines schwarzes Kätzchen mit weißen Pfoten maunzt so leidenschaftlich auf ihrem Vorplatz, dass Sophie schmunzeln muss.

»Miez, miez, miez . . .« Sie gibt vor, Futter in ihrer Hand zu halten und das schwarz-weiße Kätzchen kommt tatsächlich näher.

Es lässt sich hochnehmen und streicheln. Doch das Maunzen bleibt – nun begleitet von einem vorwurfsvollen Blick.

»Ich bin wohl nicht die Einzige, die Hunger hat«, lacht Sophie, setzt das Kätzchen wieder ab und macht sich auf den Weg zum Mini-Markt – verfolgt von dem kleinen schwarzen Vierbeiner mit den weißen Pfoten.

Mit hängenden Schultern liest Sophie das Schild an der Tür des Geschäfts, wonach es täglich um 20 Uhr schließt. Doof, wenn man um 20:30 davor steht. Also doch ein kleiner Schwatz bei Jaspers Mutti an der Rezeption. Ein bisschen *schnacken*, wie das hier an der Küste heißt, um zumindest einen Schluck Milch für das Kätzchen abzustauben.

Auf ihr Klopfen hin öffnet Jasper mit bedrücktem Gesichtsausdruck. Da fällt ihr ein, dass er schon vorhin am Telefon so seltsam war.

»Moin Sophie.«

»Moin Jasper. Ist deine Mutti da?«

»Ja, aber...«

»Ist das Sophie?«, fragt eine Stimme aus dem dahinterliegenden Wohnraum, die so gar nicht nach der liebreizenden Ella Hinrichs klingt. Sophie kann sich des Eindrucks nicht erwehren, äußerst ungelegen zu kommen.

»Entschuldige bitte die Störung, ich komme offensichtlich zur Unzeit.«

Während Jasper sich bloß auf die Unterlippe beißt, taucht seine Mutti mit tränenüberströmtem Gesicht im Türrahmen auf.

»Schon gut. Du erfährst es ja ohnehin spätestens morgen.«

»Was denn?«

»Der Rüde verdächtigt meinen Bruder...«, murmelt Jasper.

»Was, den Enno?« Sophie schnappt nach Luft.

»Auch wenn er nicht mein leiblicher Sohn ist, so hab ich ihn doch in mein Herz geschlossen...«, weint Ella lautstark.

»Aber warum denn? Ich meine, wieso ist Enno denn verdächtig?«

Jasper verzieht das Gesicht. »Eske Feddersen hatte eine

Visitenkarte von ihm in ihrer Hosentasche, als sie . . . aus dem Wasser gezogen wurde.«

Sophie schüttelt irritiert den Kopf. Enno ist also derjenige, von dem Svenja vorhin gesprochen hat – der, an dem Thomsen sich festgebissen hat.

»Das wäre ja 'ne völlig neue Mode, dass Mörder ihren Opfern Visitenkarten in die Taschen stecken . . .«, sagt sie kopfschüttelnd, doch von einem Moment auf den anderen versagt ihre Stimme. Sie schwankt und muss sich an die Wand lehnen. Eske Feddersen starb in genau jener Nacht, als Enno und sie im Wohnwagen landeten. Sie, als die zuständige Kommissarin, muss ihm nun das perfekte Alibi geben, und er weiß das. Damit ist er ein für alle Mal vom Haken. Was, wenn er sie deshalb mit all den leckeren Drinks abgefüllt hatte? Was, wenn da vielleicht mehr drin war als nur Alkohol? Denn so ganz kriegt sie diesen Abend immer noch nicht auf die Reihe.

Oh mein Gott. Sie kann nichts dagegen tun, dass ihre Knie sich mit einem Mal zittrig anfühlen.

»Kindchen, ist alles in Ordnung?«

Ella Hinrichs, soeben selbst noch ein Häufchen Elend, ist sofort besorgt. »Setz dich doch. Hast du Hunger?«

»Ja . . . nein . . .« Eigentlich nicht mehr. Jetzt will sie nur noch zu ihrem Wohnwagen zurück, um ihre Optionen zu überdenken. »Ich wollte bloß wegen einem Schluck Milch fragen, ich hab Besuch von einem Kätzchen erhalten. So ein niedliches schwarzes mit weißen Pfötchen.«

»Ach, der Kleine. Ja, der bettelt gern.«

»Du kennst ihn?«

»Klar doch. Ist ein Junges von Aida und Falstaff«, erklärt Ella, während sie eine Tasse aus dem Schrank nimmt und sie mit Milch füllt.

»Aha.« Sophie nimmt die Tasse entgegen. »Und, wie heißt der Kleine?«

»Der hat noch keinen Namen.«

»Wenn sie einen Namen kriegen, dürfen sie bleiben«, erklärt Jasper und schmunzelt. »Und wir haben wirklich schon genug Katzen. Außer Aida und Falstaff haben wir noch Nabucco und Rigoletto. Du musst wissen, meine Mutti ist ein Verdi-Fan.«

»Ja«, bestätigt Ella. »Die Aida hatte vier Kätzchen bei ihrem letzten Wurf, die anderen haben schon 'ne neue Familie gefunden. Bloß das schwarz-weiße ist noch übrig.«

Sie packt noch ein Brötchen mit Speck dazu. »Das ist aber für dich und nicht für den Kater.«

»Danke. Und die Sache mit Enno klären wir als Erstes morgen früh.« Wie ferngesteuert umarmt Sophie Mutti Hinrichs und tätschelt Jaspers Schulter. Was für ein Desaster.

Als sie zurückkommt, liegt der Wohnwagen verlassen da. Kein Kätzchen weit und breit.

Sie legt ihr Brötchen auf den Tisch und holt eine Flasche Cola aus dem Kühlschrank. Ein Caipirinha von der Strandbar wäre ihr zwar hundertmal lieber, aber jetzt muss sie einen klaren Kopf behalten.

Sie setzt sich auf das mittlerweile vertraute hölzerne Klappergestell, fischt ihr Handy aus der Tasche und wählt Alex' Nummer.

35

»Was macht deine neue idyllische Heimat?«, flachst Alex zur Begrüßung.

»Mich in den Wahnsinn treiben!«

»Ach? Und dabei hab ich dir extra einen schnuckeligen Rechtsmediziner geschickt, damit du dich nach der Arbeit nach Herzenslust amüsieren und entspannen kannst.«

»So lieb von dir. Dein charmantes griechisches Geschenk hat auch perfekt mitgespielt. Beginnend mit einer Essenseinladung, die ich kaum ablehnen konnte . . . ja, ich denke, das hätte eine Wahnsinnsnacht werden können!«

»Aber?«

»Ich sitz hier total in der Klemme und eine intime Beziehung mit dem einzigen Menschen, der unvoreingenommen ist und auf meiner Seite steht, ist das Letzte, was ich will. Wo mich schon mein jüngster persönlicher Ausrutscher voll in die Scheiße geritten hat!«

»Wovon redest du?«

»Von Enno.«

»Meinst du den Maler, der ein Halbbruder deines Kollegen ist?«

»Genau den.«

»Ach du meine Güte, das darfst du nicht so eng sehen. Es ist vielleicht ein wenig peinlich, aber über so was kann man doch echt drüberstehen . . .«

»Tja – ausgerechnet er wird jetzt verdächtigt, der Mörder

der beiden Mädchen zu sein.«

Sophie kann hören, wie Alex geräuschvoll einatmet. Doch als ihre Freundin von der Visitenkarte erfährt, beginnt sie zu lachen. »Genau, so machen Mörder das. Sie stecken ihren Opfern Visitenkarten in die Taschen. Immer darauf bedacht, der Polizei nicht allzu viel Arbeit zu bereiten.«

»Ja, das war auch mein erster Gedanke«, stimmt Sophie zu. »Aber dann fielen mir meine Erinnerungslücken wieder ein. Nachdem wir in der Krabbe den Cocktailrekord gebrochen hatten, fielen wir im Wohnwagen übereinander her. So viel konnte ich mittlerweile wieder rekonstruieren. Und ich weiß auch noch, dass der Sex echt mega war. Aber danach bestand er darauf, dass wir unter dem Sternenhimmel auf diese Nacht anstoßen. Er hatte dafür extra eine Flasche aus dem Lokal mitgebracht, einen Sekt oder Champagner, und den hat er mir aufgedrängt, während er irgendetwas über das Universum geschwafelt hat. Da muss es ungefähr zwei oder drei Uhr morgens gewesen sein. Und von da an hab ich keine Erinnerung mehr. Kompletter Filmriss. Ich weiß nicht mal mehr, wie ich ins Bett kam. Svenja weckte mich um halb neun. Die Zeit dazwischen war ich komplett ausgeknockt.«

»Hmm...« Alex am anderen Ende der Leitung ist ernst geworden. »Du denkst...?«

»Ich weiß nicht, was ich denken soll. Wäre es möglich, dass er mich ganz bewusst angemacht hat? Und ich wie eine Anfängerin auf ihn reingefallen bin? Er wäre nicht der erste Mörder, der seinen Charme zu nutzen weiß.«

»Aber welches Motiv sollte er haben, diese Mädchen zu töten?«

»Keine Ahnung. Welches Motiv hat überhaupt irgendjemand, so etwas zu tun? Vielleicht ist die Charmeoffensive seine Masche, und vielleicht hilft er mit Substanzen nach? Keine Ahnung, was zwischen ihm und den Mädchen gelaufen sein könnte... Vielleicht steht er einfach drauf, Mädchen in seinen Armen zu ertränken?«

»Puhhh . . .« Alex bläst die Luft aus. »Du klingst, als ob du völlig durch den Wind wärst.«

»Bin ich auch . . .«

»Okay, du brauchst eine Umarmung und Gewissheit. Ich bin gerade nördlich von Berlin unterwegs. Wir treffen uns an der Tankstelle in Barsbüttel bei Hamburg. Das schaffst du in knapp zwei Stunden, und ich ebenfalls. Ich check dein Blut, dann weißt du, ob der Typ dich für sein Alibi missbraucht hat. Okay? Aber fahr vorsichtig.«

Sophie murmelt dankbar eine Zustimmung und erschrickt, als ihr aus dem Dunkel plötzlich etwas auf den Schoß springt. Dann muss sie lachen.

»Na, mein Süßer! Da bist du ja.«

»Sophie, hast du Besuch?«

»Ja. Und zwar ganz besonders niedlichen.«

Sie verabschiedet sich von Alex und hält dem kleinen Kater das Schüsselchen mit Milch hin. Doch er maunzt nach dem Speck.

Sophie sieht ihm zu, mit welch einer Begeisterung er die kleinen Stückchen, die sie ihm gibt, verschlingt und plötzlich kommt ihr ihre Paranoia völlig lächerlich vor. Sie wird trotzdem fahren, denn die Umarmung ihrer Freundin braucht sie dringend. Und Gewissheit schadet auch nicht.

36

Nachdem sie die Adresse besagter Tankstelle in Barsbüttel in ihr Navi getippt hat, vergeht die Fahrt wie im Flug. Sophie ist so sehr in ihre Gedanken verstrickt, dass die Strecke wie von selbst an ihr vorbeizieht.

Vor dem Tankstellenshop steht bereits Alex' knallroter Mercedes. Alex selbst hockt mit einer Arschbacke auf der Motorhaube. Wie üblich ist sie top gestylt. Schwarze Locken, die mit einer roten Brille aus dem Gesicht gehalten werden, dazu eine knallgelbe Lederjacke. Sie ist die Art von Paradiesvogel, neben der man sich immer wie ein Mauerblümchen fühlt, denkt Sophie, während sie auf ihre Freundin zusteuert.

Nichtsdestotrotz liebt sie sie.

Nach einer innigen Umarmung suchen sie das kleine Café neben dem Shop auf und setzen sich mit ihren Drinks an einen der Tische im Freien.

»Und du dachtest, du ziehst in den ruhigen Norden, um dich von dem Stress in Berlin zu erholen«, witzelt Alex.

»Schön doof«, muss Sophie ihr recht geben. »Da kippste bloß 'n Gläschen an 'ner netten Bar – und schon ist die Kacke am Dampfen!«

Alex lacht auf ihre erfrischende Art.

»Dieser Enno, wie war das?«, fragt sie dann. »Hat er dich angemacht, oder du ihn?«

»Gute Frage. Ich denke, er saß schon vor mir an der Bar.

Bei dem Lüt un Lüt hab ich wohl ziemlich das Gesicht verzogen, er hat mich deshalb ausgelacht und sagte so was Ähnliches, wie *ja, damit kriegen sie alle Touris dran . . .*«

»Auch wenn ich keine Ahnung hab, was Lüt un Lüt ist, klingt es für mich nach völlig zufälligem Kennenlernen an der Bar.«

»Ja, denke ich mittlerweile auch. Ich meine wieder. Zwischenzeitlich stand ich wohl ein wenig neben mir. Den Bluttest will ich trotzdem. Ich muss einfach zu hundert Prozent ausschließen können, dass ich jemandem ein Alibi gebe, der es missbräuchlich darauf angelegt hat.«

»Alles klar. Dann mal rauf mit dem Ärmel! Morgen früh gebe ich dir Bescheid, hoffe ich. Versprechen kann ich es nicht.«

»Gut.« Sophie nickt erleichtert und rollt ihren linken Blusenärmel hoch.

Je tiefer der Ozean, desto unerforschter der Grund

MITTWOCH

37

Seitdem Hauptkommissar Thomsen erfahren hat, dass es sich bei Eske Feddersen tatsächlich um Mord handelt, beißt er sich noch intensiver an Enno Arens fest. Zwar ließ er ihn gestern abends heimgehen, allerdings nur unter der Auflage, heute Morgen gleich um acht Uhr wieder zu erscheinen.

Die Fragen sind ihm mittlerweile ausgegangen, weswegen er nun auf Zermürbungstaktik durch Schweigen setzt.

Schließlich kann es nicht angehen, dass die Neue ihm bei dieser Ermittlung das Heft völlig aus der Hand nimmt. Und wenn er ehrlich zu sich selbst ist, spielt vielleicht auch der Umstand, dass Silke involviert ist, eine Rolle, weshalb er sich plötzlich gar so in diesen Fall hineinsteigert.

Auch seinen Mitarbeitern gegenüber möchte er Erfolge vorweisen und falls das nicht möglich ist, zumindest den Ton vorgeben. Aus diesem Grund hat er sie alle in sein Büro bestellt, wo sie nun aufgereiht wie Orgelpfeifen vor seinem Schreibtisch stehen.

»Frau Kollegin Meerkatz, was gibt es Neues aus dem Krankenhaus?«

»Noch nichts. Die rechtsmedizinische Untersuchung von Inga Löffen beginnt gerade erst. Ob sie überhaupt noch etwas bringt, ist fraglich. Schließlich haben wir wertvolle Tage verloren.«

Thomsen brummt in seinen Drei-Tage-Bart. Es wäre nicht nötig gewesen, dass sie neuerlich darauf hinweist.

»Während Sie gestern der Obduktion von Eske Feddersen beigewohnt haben, habe ich bereits unseren Hauptverdächtigen in die Mangel genommen«, erklärt er mit einem gewissen Unterton, während er sie hämisch mustert. Oder bildet sie sich das bloß ein?

»Hab ich schon gehört«, murmelt sie mit gesengtem Blick, während sie sich bereits innerlich dagegen wappnet, vor versammelter Mannschaft vorgeführt zu werden. Ganz bestimmt verlangt dieser Thomsen nun von ihr die Bestätigung von Ennos Alibi – und so wie sie ihn kennt, wird er es genießen.

»Das Problem ist«, führt der Hauptkommissar weiter aus, »dass Arens' Visitenkarten tatsächlich im Anker aufliegen, und zwar an der Rezeption und in dem Gang, in dem seine Bilder hängen. Ich habe mit Gunnar Henkels gesprochen, er hat das bestätigt und außerdem ausgesagt, dass über ein mögliches intimes Verhältnis der beiden nichts bekannt ist. Ich danke an dieser Stelle auch unserem Kollegen Jasper für den Hinweis, dass sein Halbbruder kein Volltrottel ist und schon deshalb bei einem Mord keine Visitenkarte hinterlassen würde. Ich gebe nur zu bedenken, dass das Opfer diese Karte vor dem Treffen eingesteckt haben könnte.«

»Wozu sollte sie das denn gemacht haben?«, fragt Jasper patzig und reibt sich über seine glühend roten Wangen.

»Irgendeinen Grund wird sie schon gehabt haben«, gibt Thomsen retour. »Vielleicht für den Fall, dass sie das Treffen verschieben muss, oder falls er nicht auftaucht . . .«

»Haben die jungen Leute nicht sämtliche Kontaktdaten in ihren Handys?«, widerspricht der Jüngere tapfer. »Ich denke eher, dass jemand Enno absichtlich in die Schusslinie bringen wollte. So nach dem Motto: Sollte die Polizei checken, dass Eske nicht freiwillig ins Wasser gegangen ist, bekommt sie den ersten Verdächtigen gleich frei Haus geliefert.«

Rüdiger Thomsen sieht seine Mitarbeiter nun einzeln an.

»Das mag sein, aber wir haben hier einen perfiden Mädchenmord, und da werde ich keinen Stein auf dem anderen lassen. Enno Arens ist vorbestraft und . . .«

»Er ist vorbestraft?« Sophie spürt, wie ihre Kehle trocken wird.

»Ach komm schon, Chef«, geht Jasper mit Inbrunst dazwischen. »Enno hat in seinen wilden Zwanzigern ein paar Monate wegen Kunstfälschung abgesessen, das kann man doch nicht mit einem Mord in Verbindung bringen!«

Thomsen antwortet nicht, sondern richtet seinen Blick direkt auf Sophie.

»Kollegin Meerkatz, Sie sind erstaunlich ruhig heute. Gestern hatten Sie zu allem eine Meinung!«

Sein Blick bringt ihre Haut zum Brennen. Da ist er nun, der Moment, in dem er genüsslich das Alibi des Verdächtigen auspacken wird.

Sie beißt sich auf die Lippen.

»Na schön«, fährt Thomsen fort und wendet sich wieder seinem jungen Mitarbeiter zu. »Jasper, ich versteh schon, es ist ein Angehöriger von dir, aber das Opfer hatte nun mal seine Visitenkarte dabei. Und Arens hat kein Alibi.«

»Er hat kein Alibi?«, bricht es aus Sophie heraus, noch bevor sie den Gedanken zu Ende denken kann.

Thomsen blickt sie neuerlich an. Dieses Mal ein wenig irritiert.

»Natürlich hat er kein Alibi. Wenn er eines hätte, würde ich ihn wohl kaum hier festhalten.«

Während Sophie ihren Vorgesetzten anstarrt, bemerkt sie, wie ihre Gedanken durcheinander geraten. Sie braucht dringend ein paar Minuten, um alles, was nun in ihrem Kopf wie verrückt hin- und herschwappt, wieder zu sortieren.

»Sorry, ich muss mal kurz an die frische Luft«, japst sie, während sie bereits auf die Tür zueilt.

Ihre Kollegen und ihren Chef lässt sie ratlos zurück.

Im Hinterhof der Polizeidienststelle versucht Sophie verzweifelt, ihre Gedanken zu ordnen. Enno hat sie nicht als Alibi angegeben. Warum nicht? Aus Ritterlichkeit? Oder um sie auf diese Art unter Druck zu setzen?

Eines ist klar, sie muss in dieser Angelegenheit sofort Stellung beziehen, was wesentlich einfacher wäre, wenn sie bereits eine Rückmeldung betreffend ihren Blutbefund hätte.

Verzweifelt zieht sie ihr Handy aus der Tasche und klickt die Nummer ihrer Freundin an. Doch ausgerechnet heute Morgen ist Alex nicht erreichbar. Sophie hat es bereits auf dem Weg ins Büro vergeblich versucht und auch jetzt lässt sie es wieder klingeln, bis die Mobilbox anspringt.

Vergeblich.

Sie seufzt. Dann strafft sie die Schultern und geht wieder hinein.

Thomsen, Jasper und Svenja versorgen sich gerade in der kleinen Kaffeeküche mit frisch aufgebrühtem Filterkaffee.

Sophie bleibt in der offenen Tür stehen. »Was Arens' Alibi in besagter Nacht betrifft – das kann ich bestätigen.«

Augenblicklich starren sie drei Augenpaare an.

»Wie das denn?« Thomsen runzelt die Brauen.

»Weil wir diese Nacht zusammen verbracht haben. Erst in der Krabbe und ab Mitternacht in meinem Wohnwagen. Er war noch da, als Svenja mich am nächsten Tag abgeholt hat.«

Nach dieser Eröffnung ist es so still, dass man eine Stecknadel fallen gehört hätte.

Jasper steht mit offenem Mund da, während Thomsen sich am Hinterkopf kratzt.

Svenja fängt sich als Erste.

»Das ist doch prima! Dann kann ich ihn wieder gehen lassen? Mit der üblichen Bitte, sich für Fragen zur Verfügung zu halten?«

Doch Thomsen ist noch nicht so weit.
»Warum hat er das nicht erwähnt?«
Sophie zuckt die Schultern. »Das müssen Sie ihn selbst fragen.«

38

Während Thomsen und Svenja sich neuerlich zu Enno Arens ins Vernehmungszimmer begeben, stürzt Jasper zum Telefon.

»Stell dir vor, Mutti, es ist alles gut! Enno kommt wieder frei, er hat doch ein Alibi.«

»Welches?«, tönt Ella Hinrichs Stimme lautstark aus dem Hörer.

»Ja, also . . .« Jasper sieht verstohlen in Sophies Richtung. »Das erzähl ich dir dann am Abend zu Hause . . . nein, das kann ich jetzt nicht am Telefon . . .«

Sophie beißt sich auf ihre Unterlippe, während sie sich in ihr Büro zurückzieht. Logisch, dass die Leute reden. Das werden sie noch eine Weile tun. Wenigstens hat sie bei Mutti Hinrichs jetzt einen Stein im Brett.

Sie greift zum Handy, um es ein weiteres Mal bei Alex zu versuchen. Doch genau in diesem Moment klingelt ihr Diensttelefon. Die Nummer, die am Display erscheint, ist ihr unbekannt.

»Oberkommissarin Sophie Meerkatz, Kripo Husum.«

»Moin, hier ist Evando«, meldet sich eine tiefe, sympathische Stimme.

»Hallo! So früh hätte ich mit deinem Anruf nicht gerechnet«, antwortet sie erfreut. Der attraktive Rechtsmediziner ist offenbar ein passionierter Frühaufsteher.

»Es geht um Inga Löffen. Die Autopsie hat ergeben, dass sie keine Druckstellen hat, so wie Eske Feddersen, aber ihre Unterschenkel weisen Verletzungen auf, als ob sie jemand hinter sich hergezogen hätte. Diese Schleifspuren fand ich auch auf ihrem Rücken. Ich spreche von leichten Abschürfungen – allerdings passierten die vor ihrem Tod und nicht danach. Ich gebe schon zu, auf den ersten Blick unterscheiden sich die Spuren nicht von den Treibspuren, die Ingas Leiche ebenfalls aufweist, aber manchmal muss man eben genauer hinsehen.«

»Wow . . .«, sagt Sophie überrascht.

»Im Gegensatz zu Eske hat sich Inga überhaupt nicht gewehrt«, setzt Evando seinen Bericht fort. »Ihre Hände weisen keinerlei Abwehrverletzungen auf, die Fingernägel sind intakt. Es gibt auch keinerlei Hinweise darauf, dass jemand sie unter Wasser gedrückt hätte. Diese Druckstellen, die Eske an Brust und Schultern hatte, fehlen bei ihr völlig. Auf mich wirkt das eher so, als ob sie jemand im bewusstlosen oder beinahe bewusstlosen Zustand über den Boden geschliffen und dann ins Wasser gezogen hätte. Dort ist sie vermutlich ganz von selbst ertrunken. Der Tox-Screen wird uns vielleicht Auskunft darüber geben, ob sie medikamentös beeinträchtigt war.«

»Evando, das ist großartig«, sagt Sophie, als ihr Gesprächspartner endlich eine Pause macht, um Luft zu holen. »Es ist also definitiv Mord.«

»Jein. Es könnte Mord sein. Ich kann nur sagen, dass Inga vermutlich über den Boden gezogen wurde. Und dass sie zu diesem Zeitpunkt noch gelebt hat. Was danach passierte, ich meine, wie sie ins Wasser gelangt ist, bleibt Spekulation.«

»Verstehe. Das bedeutet aber auch, dass unmittelbar vor ihrem Tod jemand bei ihr war.«

»Das ist richtig«, tönt Evandos sympathische Bassstimme aus dem Hörer. »Der Körper beginnt bei oberflächlichen

Abschürfungen sehr schnell mit der Wundheilung und dafür gibt es bloß schwache Anzeichen. Sie muss schon kurze Zeit, nachdem sie über den Boden geschliffen wurde, ertrunken sein.«

»Ich danke dir! Ich hab hier nun einiges zu organisieren . . .«

»Sophie, warte noch! Es gibt bei Inga noch eine weitere Besonderheit, die du wissen musst. Sie war schwanger. Also, zum Zeitpunkt des Todes nicht mehr, es wurde kurz zuvor eine Kürettage durchgeführt. Vielleicht ein oder zwei Wochen vor ihrem Tod.«

»Inga hatte einen Schwangerschaftsabbruch hinter sich?«

»Ja.«

»Ach, du meine Güte«, stöhnt Sophie. »Ich kann jetzt schon meinen Vorgesetzten hören, wie er rumtrötet, dass sie sich wohl deshalb das Leben genommen hat.«

»Nun, das können wir tatsächlich nicht ausschließen. Trotzdem war jemand in irgendeiner Form in die Angelegenheit involviert. Die Spuren an den Beinen und auf dem Rücken sind evident. Sie wird sich nicht selbst über den Boden gezogen haben.«

»Gut. Danke, Evando. Vielleicht kann ich mich irgendwann revanchieren.«

»Nichts einfacher als das. Ich melde mich, wenn ich das nächste Mal in der Gegend bin, dann holen wir unser Essen nach.«

»Okay.«

Sophie legt auf und stützt den Kopf in beide Hände. Die ganze Sache nahm mit Inga ihren Anfang. Dieser Schwangerschaftsabbruch hat etwas zu bedeuten. Sie muss unbedingt noch mal mit Ingas Familie sprechen. Und mit Lisa Bergmann, die sowohl mit Inga als auch mit Eske befreundet war.

Mit einem Mal wird ihre Zimmertür aufgerissen und freche, blitzblaue Augen mustern sie amüsiert.

»Ein herzliches Danke an meinen Rettungsengel!«
»Witzig.«
»Einen schönen Tag wünsche ich noch, Frau Kommissarin!« Enno wirft ihr eine Kusshand zu und ist schon wieder weg.

Sophie bleibt ein wenig verdutzt zurück – mit einem Kribbeln in der Magengrube, das ihr gar nicht gefällt.

39

Nachdem sie ihren Vorgesetzten kurz über Inga Löffens Autopsieergebnis informiert hat, trommelt der Hauptkommissar alle zur Besprechung zusammen. Sophie gibt nun in allen Einzelheiten weiter, was sie vorhin am Telefon erfahren hat.

»Das ist echt heftig. Ohne diese Autopsie würden wir immer noch von einem Selbstmord ausgehen!« Svenja versucht gar nicht erst zu verbergen, wie aufgeregt sie ist.

»Nun ja, der gute Emmermann ist eben kein Rechtsmediziner . . . und bis jetzt ist er immer richtig gelegen«, brummt Thomsen.

Oder auch nicht, denkt Sophie. Schließlich ist es keine Kunst, eine niedrige Verbrechensrate zu haben, wenn man die Verbrechen nicht als solche erkennt.

»Außer damals, als der alte Petersen unter den Traktor geraten war«, sagt Jasper plötzlich.

»Stimmt.« Svenja nickt. »Da hat sich auch erst später rausgestellt, dass der vorher schon tot war.«

»Mhm, egal jetzt, wir haben nun zwei Morde aufzuklären«, beeilt sich Thomsen von seinem Freund abzulenken. »Wir müssen dringend . . .«

Doch das Klingeln von Sophies Diensthandy unterbricht ihn.

»Ja?«

»Nochmals Evando. Die Ergebnisse von Eske

Feddersens Tox-Screen sind da. Ihr müsstet die E-Mail bereits bekommen haben. Sie war mäßig alkoholisiert, aber erheblich sediert. Es wurden Schlafmittel in ihrem Blut nachgewiesen, in einem Ausmaß, dass man von einer deutlichen Beeinträchtigung sprechen kann. Wahrscheinlich war ihr schwindlig, das erklärt die Stürze.«

»Danke, Evando. Du hast uns sehr geholfen.«

Sophie legt das Handy weg und bringt ihre Kollegen auf den neuesten Stand.

»Evando? Unser Rechtsmediziner heißt Evando?« Thomsen sieht sie irritiert an. »Ich bin schon über zwanzig Jahre bei der Kripo Husum, an diesen Namen könnte ich mich erinnern.«

Sophie spürt, wie ihre Wangen zu brennen beginnen.

»Dr. Kouskouris ist aus Cuxhaven. Nach den Erfahrungen mit Dr. Emmermann wollte ich, dass sich eine Koryphäe die Mädchen ansieht. Noch dazu, wo wir bei Inga schon so viel Zeit verloren haben . . .«

»Und?« Thomsens Blick ist nun stechend. Auch seine zusammengezogenen Brauen verheißen nichts Gutes.

»Ja, ähem, ich hab ihn angefragt. Er wurde mir empfohlen. Er ist Professor an der Universität von Hannover.«

Thomsen gibt eine Art Knurren von sich, während er sie mit verkniffenem Gesichtsausdruck mustert.

»Sollte dieser Evando zufälligerweise unter Mordverdacht geraten, hätten Sie für ihn auch ein Alibi?«

Sophie schluckt. Das war definitiv ein Schlag unter die Gürtellinie.

»Da fällt mir ein, Maike war hier und hat etwas für uns mitgebracht«, zwitschert Svenja und deutet auf ein Tablett mit Käsekuchen. Sie grinst von einem Ohr bis zum anderen. »Ich soll dir ganz liebe Grüße bestellen, Chef!«

»Hmm, danke«, grummelt Thomsen, der sich von süßen Köstlichkeiten gern ablenken lässt, und greift zu. »Also dann, meine Lieben, ich bin offen für Vorschläge, wie wir diesen Mädchenmörder dran kriegen!«

40

Jasper mampft mit zufriedenem Gesichtsausdruck. »Der Käsekuchen von Maike ist echt der beste.«

»Lass das bloß deine Mutti nicht hören«, witzelt Svenja und nimmt sich ebenfalls ein Stück.

»Warum macht sie das, diese Maike?«, fragt Sophie. »Einfach so Kuchen vorbeibringen . . .?«

»Können wir wieder dienstlich werden«, lenkt Thomsen vom Thema ab und Svenja kichert.

»Klar«, sagt Jasper mit vollem Mund.

»Gleich«, ergänzt Sophie, denn ihr Handy meldet sich neuerlich. »Hab noch ein wichtiges Telefonat.«

Sie geht erst ran, nachdem sie in ihrem Büro die Tür hinter sich zugezogen hat.

»Alex! Endlich.«

»Sorry, dass ich mich erst jetzt melde. Bei uns war heute die Hölle los, du kannst dir nicht vorstellen . . .«

»Alex – spann mich nicht länger auf die Folter.«

»Ach so. Ja, alles okay.«

»Alles okay?«

»Ja, du hattest gar nichts im Blut. Absolut nichts. Kein Schlafmittel, Beruhigungsmittel oder sonst irgendwas. Der Typ hat wirklich nur was mit dir getrunken und . . .«

»Und was?«

»Und Sex gehabt, oder? Megamäßigen, wenn ich mich

richtig erinnere...« Sie kichert.

»Ja, schon. Jedenfalls danke. Das gilt auch für Evando. Der hat mir echt geholfen«, bedankt sich Sophie erleichtert.

»Sehr gut, dann werde ich ihn mal bei Gelegenheit belohnen.«

Sophie lacht überrascht auf. »Du und Evando?«

»Ja, was ist daran lustig?«

»Nun, der hübsche Kerl sah völlig verhungert aus....«

»Tja, Cuxhaven ist nicht gerade ums Eck von Berlin.«

»Immer diese geografischen Einschränkungen«, macht Sophie sich lustig. »Aber ich muss jetzt weiterarbeiten. Bis bald.«

Im Großraum fasst Jasper gerade den Ermittlungsstand zusammen. Svenja hockt interessiert daneben, während Thomsen sich eine große Tasse Kaffee einschenkt.

Von Maikes Käsekuchen ist bloß noch ein Stück übrig.

»Nachdem wir Enno Arens laufen lassen mussten, werden wir uns nun auf Sven Döring konzentrieren. Ich hab da so 'ne Theorie, wie es abgelaufen sein könnte«, sagt Thomsen.

»Lass hören«, verlangt Jasper mit vollen Backen. Ihm ist jeder Verdächtige recht, solange es sich nicht um seinen Halbbruder handelt.

»Sven Döring hat als Quasi-Stiefvater Inga bedrängt, ihr wisst schon wie ich das meine, sexuell. Und als sie schwanger wurde, hat er sie zur Abtreibung gezwungen, damit die Sache nicht auffliegt. Dann hatte er Angst, dass sie trotzdem redet, deshalb hat er sie ertränkt.« Thomsen sieht sich Beifall heischend um.

»Klingt plausibel«, stimmt Jasper zu und angelt sich das letzte Stück Kuchen.

Thomsen sieht nun Svenja an, die ebenfalls nickt. Dann richtet er seinen Blick auf seine neue Oberkommissarin.

»Sind Sie auch meiner Meinung?«

Sophie zuckt die Schultern. Sie weiß nicht, wie sie sich aus dieser Frage herauswinden soll. Am besten direkt.

»Nein. Ich denke nicht, dass Döring etwas damit zu tun hatte. Wenn er sie sexuell bedrängte, reicht das nicht aus für eine Schwangerschaft. Er müsste Inga definitiv vergewaltigt haben, denn sie hätte da nie freiwillig mitgemacht. Und das hätte tiefere Spuren in ihrer Psyche hinterlassen. Die wären aufgefallen. Nicht nur ihrer Mutter, sondern auch ihrer Chefin im Friseurladen. Ist das nicht die Käsekuchen-Maike?«

»Ja.« Svenja kichert.

»Aber sagte Maikes Mitarbeiter, dieser Tommy, nicht, Inga wäre in letzter Zeit sehr unglücklich gewesen?«, wirft Jasper ein.

»Ja, sie hatte offenbar ups and downs, konnte sich aber für Maike und die Kunden zusammenreißen«, resümiert Sophie.

»Und wer wars dann – Ihrer Meinung nach?«, fragt Thomsen ein wenig patzig.

»Ich denke, jemand in Ingas Alter. Jemand, mit dem sie gerne zusammen war oder zumindest freiwillig Sex hatte. Denn die Autopsie ergab keinen Hinweis auf eine Vergewaltigung.«

»Aber ihre Mutter sagte doch, sie hatte keinen Freund«, wendet Svenja ein.

Sophies Mundwinkel verziehen sich nun zu einem Grinsen.

»Also ich weiß ja nicht, wie es hier im Norden üblich ist, aber ich hab meinen Freund nicht gleich nach dem ersten Mal zu Hause vorgestellt.«

»Ja, das dachte ich mir schon«, brummt Thomsen.

»Wir haben keine Ahnung, wer da infrage kommen würde«, überlegt Jasper.

»Das liegt daran, dass Lisa Bergmann, die mit beiden Mädchen befreundet war, immer noch nicht ausgesagt hat.

Ich glaube, sie verheimlicht uns etwas«, vermutet Sophie.

»Das glaube ich mittlerweile auch«, stimmt Svenja zu. »Ich hab heute früh nochmals mit ihrem Vater telefoniert, ob sie jetzt zur Aussage bereit ist? Aber nein. Ich hab bei jedem Anruf mehr und mehr das Gefühl, dass er mir ausweicht. Da stimmt etwas nicht.«

»Trotzdem werde ich Döring in die Mangel nehmen, sicher ist sicher«, stellt Thomsen klar. Dann richtet er seinen Blick auf Sophie. »Und Sie haken noch mal bei Ingas Mutter nach, ob es Auffälligkeiten zwischen Inga und Döring gab. Und dann bringen Sie endlich die kleine Bergmann zum Reden.«

41

Hauptkommissar Thomsen steht vor dem Wohnblock, in dem Sven Döring nach der Trennung von Britta Löffen eine schäbige kleine Bleibe gefunden hat. Die Klingel außen am Haustor scheint nicht zu funktionieren. Als eine Frau mit Einkaufstasche das Haus verlässt, schlüpft er hinein und steigt die Treppe zu Dörings Wohnung hoch.

Es ist alles still. Er presst sein Ohr gegen die hölzerne Eingangstür. Keine Fernsehgeräusche, keine Musik. Nichts. Er klopft dennoch.

Die Wohnungstür gegenüber öffnet sich. Ein alter Mann mustert Thomsen verächtlich.

»Polizei?«

Thomsen nickt.

»Der ist weg.«

»Ach ja, und wohin?«

»Woher soll ich das wissen? Aber wenn Sie mich schon fragen, würde ich sagen, so weit wie möglich.«

»So. Und warum das?«

»Lesen Sie keine Zeitung?«

»Verdammt«, flucht Thomsen und stapft zu seinem Auto zurück.

Beim nächsten Zeitungskiosk legt er eine Vollbremsung hin. Die Schlagzeilen springen ihm sofort ins Auge. Jedes einzelne Blatt hat die Mädchenleichen von Husum auf der Titelseite – und mit Dörings Namen darunter.

Zurück im Auto überfliegt er einen Artikel nach dem anderen. Alle schreiben sie über einen möglichen Mädchenmörder, der in Husum sein Unwesen treiben soll und die Bewohner des idyllischen Örtchens in Angst und Schrecken versetzt.

Sven Döring wird hier unter der üblichen Vorbehaltsklausel aufs Heftigste vorverurteilt. Enno Arens hingegen, der fast einen Tag in polizeilichem Gewahrsam verbrachte, wird mit keinem Wort erwähnt. Das kann nur eines bedeuten: Jemand hat die Berichterstattung maßgeblich beeinflusst.

Thomsen schnaubt durch die Nase. Das geht auf jeden Fall zu weit. Wutentbrannt startet er seinen Land Rover und nimmt Kurs auf das Haus der Familie Löffen.

* * *

Britta Löffen sieht krank aus – und um Jahre gealtert. Sophie versucht geduldig, ihr und Ingas älteren Geschwistern, die ebenfalls anwesend sind, Informationen über Ingas Leben aus der Nase zu ziehen. Doch Ingas Mutter ist auf eine seltsame Art passiv, die sich Sophie nur durch Medikamentenmissbrauch erklären kann.

Nach über einer Stunde ist Sophie zermürbt. Während Anna sich zumindest bemüht, persönliche Anekdoten über ihre Schwester beizusteuern – auch wenn diese nicht im Mindesten weiterhelfen – bleibt Bjarne abweisend. Beinahe schon aggressiv.

»Da hat nur einer Schuld«, platzt er plötzlich heraus.

»Wer?«, hakt Sophie nach.

»Sven. Dieser Arsch, ich könnte ihn . . .«

»Sch . . .«, macht Anna. »Mach jetzt nicht den dicken Maxe. Damit schadest du dir bloß selbst«.

Doch Sophie greift das Thema auf. »Ich spüre, Sie sind sehr wütend auf Sven Döring. Halten Sie es für möglich, dass er Inga bedrängt hat? Sexuell, meine ich.«

»Was?« Bjarne fährt hoch wie von einer Tarantel gestochen. »Er hat sich an ihr vergriffen? Dieses Schwein, dieses dreckige, den werde ich . . .«

»Gar nichts werden Sie.« Sophie drängt sich zwischen ihn und die Tür. »Setzen Sie sich wieder hin.«

»Den Teufel werd ich . . .«

»Setzen!«, blafft Sophie. »Ich bin noch nicht fertig.«

Widerwillig lässt sich Bjarne mit einer Arschbacke wieder auf den Stuhl nieder.

»Frau Löffen, Ihre Tochter hat ungefähr eine Woche vor ihrem Tod eine Ausschabung durchführen lassen. Höchstwahrscheinlich, um eine Schwangerschaft abbrechen zu lassen.«

Anna schreit auf und hält sich sofort die Hand vor den Mund, während ihre Mutter noch eine Nuance blasser wird. Sophie behält auch Bjarne im Blick. Sie kann durch sein Mienenspiel mitverfolgen, wie die Information langsam ins Bewusstsein sickert.

»Sagen Sie mir gerade, der Scheißkerl hat sie vergewaltigt?«

»Nein, das habe ich nicht gesagt. Aber wenn sie schwanger war, heißt das, es gab jemanden, mit dem sie Sex hatte.«

Ohne weiteres Fluchen stürmt Bjarne an Sophie vorbei und reißt die Eingangstür auf. Zu seinem Pech stößt er dort mit Thomsen zusammen, der ihn mit seiner ganzen Leibesfülle stoppt.

»Hiergeblieben«, knurrt der Hauptkommissar und schiebt den hitzigen jungen Mann in die Küche zurück.

Ingas Mutter hievt sich vom Stuhl hoch und richtet das Wort direkt an ihren Sohn.

»Sven ist kein guter Mensch. Er ist faul, und er hat mir

Geld gestohlen, deshalb hat Inga ihn so gehasst. Aber das andere, was die Frau Kommissarin gerade erzählt hat, also das nicht. Er ist meiner Tochter nicht nachgestiegen, da bin ich mir ganz sicher – und er hatte schon vor Jahren eine Vasektomie«.

42

»Ich denke ohnehin, dass wir den falschen Personenkreis aufs Korn nehmen«, sagt Sophie, nachdem sie und Thomsen das Haus der Familie Löffen wieder verlassen haben.

»Wie meinen Sie das?«, bohrt Thomsen nach.

»Wir sind uns doch einig, dass hinter der Ermordung der Mädchen derselbe Täter steckt und ich gehe davon aus, dass er aus Ingas und Eskes Bekanntenkreis stammt. Und der Bekanntenkreis von Jugendlichen sind nun mal Jugendliche. Sven Döring passt da genauso wenig dazu wie Enno Arens, dessen Visitenkarte Eske aus welchen Gründen auch immer eingesteckt hatte. Ich denke, auch Gunnar Henkels hat damit nichts zu tun, obwohl er Eskes Chef war und Ingas Leiche gefunden hat. Meiner Meinung nach müssen wir in die Welt der Jugendlichen eindringen. Wir haben noch keine Ahnung, in welchen Gruppen sie sich treffen, ob sie in fixen Cliquen abhängen oder . . .«

»Schon klar«, unterbricht Thomsen. »Trotzdem dürfen wir Familie und Arbeitsumgebung nicht außen vor lassen. Ich werde mir auf jeden Fall Gunnar Henkels noch vornehmen, und auch noch einmal mit Eskes Mutter sprechen.«

Sophie nickt, unterdrückt jedoch ihr Grinsen. Sie hat ihren Chef bereits durchschaut. Bei Gunnar Henkels gibt es sicher ein Pils im schattigen Gastgarten, und Thomsens

Schwäche für Silke Feddersen ist mittlerweile allgemein bekannt. Doch sie behält ihre Gedanken für sich.

»Ich werde Lisa Bergmann aufsuchen«, ist alles, was sie sagt.

* * *

Sophie läutet mehrmals an der Wohnungstür der Familie Bergmann, doch nichts und niemand rührt sich auf ihr Klingeln. Nach einer Weile öffnet sich die Tür der Nachbarwohnung einen Spaltbreit. Die Frau, die rausguckt, trägt Lockenwickler.

»Die sind alle weg. Schon heute Morgen. Mit 'ner Menge Gepäck.«

»Aha.« Sophie zieht enttäuscht die Mundwinkel nach unten. Was soll sie davon halten?

»Die haben Angst um das Mädchen, wo doch schon zwei tot sind.«

»Aha«, sagt Sophie ein zweites Mal.

»Außerdem war die Presse da«, setzt die Nachbarin fort. »Die haben sich auf die arme Lisa gestürzt wie die Aasgeier, obwohl die Kleine doch um ihre Freundinnen trauert. So etwas macht man nicht. Ich kann schon verstehen, dass die Eltern mit ihr weggefahren sind.«

»Ja«, sagt Sophie. *Für unsere Ermittlungen ist das aber ganz schlecht*, setzt sie in Gedanken hinzu. »Wissen Sie vielleicht wohin?«

»Nee, das haben die mir nicht gesagt.«

Während Sophie zum Auto zurückgeht, wählt sie die Nummer von Lisas Vater. Doch wie befürchtet, hebt er auch dieses Mal nicht ab.

Frustriert fährt sie zur Polizeiinspektion zurück.

43

»Du hast recht – irgendwas stimmt da nicht.«

Sophie schlürft missmutig ihren Kaffee, während sie ihrer Kollegin ihr Leid klagt. »Lisas Familie ist einfach mit ihr abgehauen. Das ist doch nicht normal. Dass die Kleine trauert, ja. Dass sie durcheinander ist und weint, auch ja. Alles verständlich. Aber dass ihre Eltern mit ihr Hals über Kopf verschwinden?«

»Ich habe im Hotel Anker nachgefragt, Lisa wurde dort von ihrem Vater krankgemeldet«, sagt Svenja und verzieht nachdenklich das Gesicht.

Sophie schlägt ärgerlich mit der flachen Hand auf den Tisch.

»Das ist doch zum Kotzen! Wir können nicht hinnehmen, dass die Bergmanns unsere wichtigste Zeugin verstecken!«

»Was willst du tun?«, fragt Svenja mit frustriertem Blick.

»Als Erstes möchte ich so viel wie möglich über diese Jugendlichen herausfinden. Inga, Eske und Lisa waren doch nicht isoliert. Ganz sicher gibt noch weitere Freundinnen und Freunde. Immerhin hatte Inga eine Abtreibung hinter sich und Eske war auch keine Jungfrau mehr. Wir sollten unbedingt ausführlich mit deiner Schwester Klara sprechen, sie kann uns vielleicht sagen, mit wem – außer Lisa – Inga und Eske befreundet waren.«

Svenja nickt zustimmend. »Klingt logisch. Ich finde Lisas

Verhalten auch seltsam. Als ob sie etwas zu verbergen hätte. Ob sie vielleicht in irgendeiner Form mitschuldig daran ist, was ihren Freundinnen zugestoßen ist?« Nachdem Sophie nicht auf ihre Vermutung eingeht, lenkt sie ihren Blick auf die Uhr. »Klara geht ins Gymnasium. Sie hat heute um 13 Uhr aus, wir könnten sie abholen.«

Sophie zieht die Augenbrauen hoch. »Mit dem Dienstwagen? Da ist sie morgen der Gesprächsstoff der ganzen Schule.«

»Ist sie nicht.« Svenja sieht nun ein wenig verlegen drein. »Ich hol sie öfter mal ab und gehe mit ihr Mittagessen. Natürlich nur, wenn hier nicht viel los ist.«

Sophie lacht. »Nun denn – Aufbruch.«

* * *

Klara lässt sich das spendierte Krabbenmenü mit einer großen Cola schmecken und ist in allerbester Schnacklaune.

»Also Husum ist ja nicht so groß und wir kennen uns alle irgendwie . . . klar ist es so, dass ich mit meinen Freundinnen aus dem Gymnasium enger befreundet bin, aber es gibt immer Veranstaltungen, wo wir auch die anderen Jugendlichen treffen. Die meisten kennen wir ohnehin von der Grundschule oder der Kita oder über Geschwister, Freunde von anderen . . .« Sie tunkt genüsslich ihre Pommes in die Mayo und erzählt kauend weiter. »Die Clique rund um Eske fiel eigentlich überall auf, weil Eske überall auffiel. Sie hielt sich für den Nabel der Welt – erklärte ständig jedem, wie toll sie war und wie weit sie es bringen würde. Sie war unglaublich ehrgeizig und besserwisserisch.«

»Trotzdem hatte sie Freunde . . .«, wirft Sophie ein.

»Freundinnen. Oder vielmehr Anhängerinnen. Die folgten ihr wie Küken.«

»Wie viele sind es denn?«

»Nun, Inga war dabei. Lisa und Marlene.«

»Marlene?«

»Ja, Marlene Fitz. Sie ist Azubi im Hotel Nordmeer.«

»Aha.« Sophie notiert sich das.

»Wie sieht es mit Jungs aus?«

»Hm . . . ich fürchte, da bin ich nicht so gut informiert. Eske war bekannt dafür, dass sie . . . mhm, ich weiß nicht, wie ich das ausdrücken soll . . .«

»Leicht zu haben war?«, versucht es Svenja.

»Nein, das trifft es nicht. Es war eher umgekehrt. Sie war mehr der *Ich-kann-haben-wen-ich-will-Typ*. Wenn sie es auf jemanden abgesehen hatte, zog sie alle Register. Auch bei Jungs, die in einer fixen Beziehung waren . . .«

»Oha, dann war sie wohl bei den Mädchen nicht sehr beliebt?«, schlussfolgert Sophie.

»Richtig, aber bei den Jungs eigentlich auch nicht . . . Sie war eher so eine, die sich bei den Erwachsenen eingeschleimt hat.«

»Spannend. Hatte sie vielleicht einen Freund, mit dem sie länger zusammen war?«

»Keine Ahnung, so gut kannte ich sie nicht. Ich hab nur mitbekommen, wie sie die Jungs auf Partys behandelt hat. Wie Wegwerf-Sexobjekte.«

»Das ist interessant«, bemerkt Sophie. »Weißt du auch mehr über Inga?«

»Nee, leider nicht. Im Vergleich zu Eske war sie farblos.«

»Und Marlene?«

»Auch nicht wirklich. Bloß, dass sie einen Freund hat. Marten Evert. Der wohnt neben einer meiner Freundinnen, und die sieht die beiden ab und an im Garten. Von daher weiß ich es.« Klara beißt mit Begeisterung in eine Krabbe. »Husum ist eben ein Kaff.«

»Yep.« Sophie nickt ihr zu. »Danke dir. Du hast uns sehr geholfen.«

44

Rüdiger Thomsen sagte nicht *nein* zu der angebotenen Tasse Tee. Obwohl ihm ein Bier lieber gewesen wäre. Doch das wollte er mit der todtraurigen Silke nicht diskutieren.

Sein Besuch bei Gunnar Henkels dauerte nur kurz. Die Rezeptionistin bestätigte, dass Gunnar die Running-Tours für seine Gäste mindestens zweimal die Woche durchführt. Und zwar immer die gleiche Route. Gunnars Ehefrau, die mit ihm in den Privaträumlichkeiten des Hotels wohnt, kam hinzu und gab ihrem Mann für jene Nächte, in denen die jungen Mädchen ums Leben kamen, ein Alibi. Konkret sagte sie, Gunnar würde seit ihrer Hochzeit jede Nacht mit ihr verbringen. Der Hotelbesitzer selbst konnte über Eske nur sagen, dass sie sehr ehrgeizig und zuverlässig war. Sie wollte hoch hinaus, aber das wäre schließlich kein Makel. Ob sie einen Freund hatte, wusste er genauso wenig wie seine Frau oder die Rezeptionistin. Aufgefallen war er jedenfalls nicht.

Die Befragung hatte insgesamt nicht länger gedauert, als er für den Genuss eines kleinen Pils' gebraucht hatte.

Nun sitzt er Silke bei einem Kräutertee gegenüber und findet nicht die richtigen Worte, um sie zu trösten. Was sagt man einer Mutter, die ihr einziges Kind verloren hat? Nachdem ihm nichts einfällt, streicht er sich bloß verlegen über seinen Dreitagebart.

»Seid ihr dem Scheißkerl schon auf der Spur?«, fragt sie plötzlich, während sie sich an ihrer Teetasse festklammert.

»Denkst du, es war Sven Döring?«, fragt Thomsen zurück.

»Pfeifen das nicht die Spatzen von den Dächern?«

»Muss es deshalb stimmen?«

»Sag du es mir«, verlangt Silke und löchert ihn mit ihrem Blick.

Thomsen seufzt. »Das Gerücht über Döring hat Bjarne Löffen in die Welt gesetzt. Inga konnte den Lebensgefährten ihrer Mutter nicht leiden, und ihr Bruder offenbar auch nicht. Aber die Fakten deuten nicht auf Döring. Der wurde bloß zum Sündenbock gemacht.«

»Worauf deuten die Fakten denn hin?«

»So genau wissen wir das noch nicht. Aber der Freundeskreis von Eske und Inga ist von höchster Relevanz. Wir müssen wissen, wer in ihrem Leben wichtig war.«

»Eske war sich selbst wichtig. Sie hatte noch so viel vor. Sie war viel zielstrebiger als die anderen Mädchen.«

»Sie war also die Anführerin?«

»Ja.« Silke nickt traurig.

»Wer waren die anderen?«

»Inga, die sie seit der Kita kannte, und Lisa, die mit ihr im *Anker* arbeitete. Und diese Marlene, über die weiß ich kaum etwas.« Bei der Nennung des letzten Namens verzieht sie ungewollt das Gesicht.

»Die magst du wohl nicht?«

»Na ja, sie bringt irgendwie den Mund nicht auf. Kann kaum grüßen. Ich hab nie verstanden, was Eske an ihr gefunden hat.«

»Mit wem verbrachte Eske die meiste Zeit?«

»Mit Inga. Inga ist immer ihre beste Freundin gewesen, aber seit ein paar Wochen hab ich sie kaum noch gesehen. Dafür waren Lisa und Marlene öfter hier.«

»Sei doch so nett und gib mir die Kontaktdaten von Marlene.«

»Die hab ich gar nicht, aber ich glaube, sie heißt mit

Nachnamen Fitz.«

Thomsen notiert sich das.

»Gab es vielleicht auch einen Jungen, für den sich deine Tochter besonders interessiert hat?«

»Die Eske? Sicher nicht. Sie sagte immer, romantische Beziehungen bremsen die Karriere – außer es bringt einer ein Hotel mit.« Silke lacht dabei zynisch auf. Es klingt furchtbar traurig und ein wenig bitter.

»Und kannte sie einen solchen? Einen mit Geld und Hotel?«

»Nicht, dass ich wüsste. Ich hab nie einen Jungen hier gesehen. Ich denke, sie war noch . . .«

»Jungfrau?«

»Ja.«

Thomsen schüttelt den Kopf. »War sie nicht.«

Silke springt entsetzt hoch und schlägt sich die Hände vors Gesicht.

»Oh mein Gott, das weißt du von der Obduktion! Wurde sie . . .?«

»Nein, es gibt keine Hinweise auf eine Vergewaltigung.«

Silke sinkt wieder in sich zusammen.

»Zeigst du mir ihr Zimmer, bitte?« Thomsen steht auf, um diesem Wunsch Nachdruck zu verleihen.

»Klar.« Seine Jugendliebe erhebt sich schwerfällig und geht vor ihm die Treppen hoch. Oben angekommen, öffnet sie die Tür zu einem typischen Jugendzimmer mit Dachschräge. Ein Bett, ein Schreibtisch, ein Schrank. Alles weiß lackiert, mit typischen femininen Applikationen. Eine ebensolche Schminkkommode rundet das Bild ab.

Thomsen sieht sich neugierig um. Nicht wirklich aufgeräumt, aber auch kein totales Chaos. Als ob Eske bloß mal eben rausgegangen wäre.

»Hat sie Tagebuch geschrieben?«

»Nun, nicht in Buchform, aber sie hat ihre Gedanken festgehalten. Sie war fest davon überzeugt, mit der richtigen

Einstellung erfolgreich werden zu können.«

Silke zieht einen Ordner mit einem golden glitzernden Einband aus dem Regal und reicht ihn an den Hauptkommissar weiter. Auf dem Etikett steht: *MEIN UNAUFHALTSAMER AUFSTIEG – BIOGRAFIE EINER KARRIERE von Eske Feddersen*

»Sie war wirklich von sich überzeugt«, murmelt Thomsen und blättert interessiert durch die Seiten. Zwischen handschriftlichen Notizen wurden etliche Ausdrucke und Kopien eingeheftet. »Hast du das gelesen?«

Silke schüttelt traurig den Kopf. »Nee, da krieg ich bloß Herzrasen von.«

»Klar.« Thomsen nickt verständnisvoll und klemmt sich den Ordner unter den Arm.

»Ich muss dich bitten, mir den für einige Tage zu überlassen. Es kann helfen, ihren Mörder zu fassen.«

»In Ordnung. Solange du ihn mir wieder zurückbringst.«

Thomsen nickt und streicht ihr über den Oberarm. »Das verspreche ich dir.«

Auf dem Rückweg ins Büro legt Thomsen im schattigen Gastgarten des Restaurants *Sandblüte* eine kleine Pause ein. Er bestellt sich ein kleines Pils, schlägt den goldglänzenden Ordner auf und beginnt zu lesen.

45

Bei einem kurzen Anruf im Hotel Nordmeer stellt sich heraus, dass auch Marlene Fitz heute aus gesundheitlichen Gründen zu Hause geblieben ist.

Anders als bei Lisas Familie werden Sophie und Svenja jedoch ohne Probleme im Wohnzimmer des bescheidenen Häuschens empfangen.

Karin Fitz, Marlenes Mutter, die sichtlich betroffen ist, bietet den Ermittlerinnen einen Platz am Esstisch an.

»Ist das nicht schrecklich?«, seufzt sie. »Diese jungen Mädchen, die hatten doch noch ihr ganzes Leben vor sich. Sind sie nun freiwillig ins Wasser gegangen oder handelt es sich tatsächlich . . .«

». . . um Mord, Mama. Steht doch in der Zeitung«, fällt Marlene ihr ins Wort.

Sophie betrachtet sie eingehend. Sie ist ein dünnes, blasses Mädchen mit glatten blonden Haaren und blaugrauen Augen. Ganz bestimmt wirkte sie neben ihren Freundinnen ein wenig unscheinbar.

»Ich weiß gar nicht, was ich von der Sache halten soll«, redet Karin Fitz weiter. »Erst schreiben sie von Selbstmord, jetzt von Mord! Ich bin richtig entsetzt! Meine Tochter war schließlich mit beiden Mädchen befreundet!«

»Ich weiß, deshalb sind wir hier«, bestätigt Sophie und wendet sich der Jugendlichen zu.

»Marlene, du bist sicherlich geschockt und wahnsinnig

traurig, trotzdem muss ich dich bitten, uns alles zu erzählen, was helfen könnte, diesen Täter zu fassen«, beginnt Sophie. »Ich werde dir jetzt sehr persönliche Fragen stellen, und du musst mir unbedingt die Wahrheit sagen. Wir werden versuchen, deine toten Freundinnen über deine Erzählungen besser kennenzulernen. Nur so können wir herausfinden, wer als Mörder in Betracht kommt.«

Marlene nickt ein wenig geplättet.

»Was ist mit diesem Döring, dem Stiefvater von Inga? Angeblich hat er etwas damit zu tun«, grätscht Frau Fitz dazwischen.

»Gut«, geht Sophie darauf ein. »Bleiben wir gleich bei ihm. Marlene, was kannst du uns über Ingas Verhältnis zu diesem Mann sagen?«

»Eigentlich nichts. Inga hat kaum von ihm gesprochen. Ich weiß bloß, dass sie ihn nicht mochte. Aber mehr als ein paar abfällige Bemerkungen hier und da war da nicht.«

»Welche Art von abfälligen Bemerkungen?«

»Wenn sie zum Beispiel versprochen hatte, etwas zu trinken mitzubringen, dann sagte sie, *Sven, der Arsch, hat es weggesoffen*. Am meisten hat es sie gestört, dass er das Geld ihrer Mutter mit beiden Händen ausgegeben hat, sodass oft am Ende des Monats nichts mehr übrig war. Deswegen hat sie ihn gehasst.«

»Hat sie jemals von sexuellen Übergriffen berichtet?«

»Sie meinen, ob der Typ sie angetatscht hat?«

»Ja, zum Beispiel.«

»Das hätte der sich nie getraut. Sie suchte doch bloß nach einem Grund, um ihn loszuwerden. Sie hat oft davon gesprochen, ihn wegen des Geldes anzuzeigen, das er immer wieder aus der Börse ihrer Mutter genommen hat. Aber dabei spielte ihre Mutter nicht mit.«

»Hast du jemand anderen im Verdacht, der Inga tot sehen wollte?«

Doch Marlene zuckt bloß mit den Schultern. »Nee, Inga

hatte mit niemandem sonst Streit. Irgendwie mochte sie jeder, obwohl . . .«

»Obwohl was?«

»Sie hat sich in den letzten Wochen zurückgezogen.«

»Zurückgezogen . . . vor wem?«

»Vor uns . . . sie wollte von uns allen nichts mehr wissen.«

»Das musst du mir jetzt genauer erklären. Was war da los unter euch Freundinnen?«

»Okay . . . also, Inga war immer Eskes beste Freundin gewesen. Lisa war deshalb oft eifersüchtig. Sie wollte selbst Eskes beste Freundin sein. Sie hat sie total angehimmelt. Für mich hat sich Lisa nur interessiert, wenn Eske keine Zeit hatte.«

»Ach, ist das so?«, fragt Marlenes Mutter überrascht. »Das ist aber nicht nett, und ich dachte immer, Lisa wäre . . .«

»Schon gut, Mutti«, unterbricht Marlene.

»Kann man sagen, dass Eske die Anführerin von euch vieren war?«, hakt Sophie nach.

»Denke schon. Sie hat immer bestimmt, was wir machen. Weil Inga und Lisa immer alles toll fanden, was sie vorschlug. Na ja, zumindest taten sie so.«

»Und du?«

»Nicht immer. Aber Lisa ist meine einzige Freundin und ich wollte . . .« Marlene beißt sich auf die Lippen.

»Du wolltest sie nicht verlieren?«

»Ja, und auch dazugehören. Zu viert war es schon lustiger.«

»Verständlich.« Sophie nickt dem blassen Mädchen aufmunternd zu. »Dann erzähl mir jetzt mal ganz genau, was sich in den letzten Wochen geändert hat. Warum hat Inga sich aus der Gruppe zurückgezogen?«

»Wegen dem, was Lisa gemacht hat . . . das war nicht okay . . .«

»Sag es mir, Marlene, bitte. Es könnte wichtig sein«, insistiert Sophie.

»Lisa hat das nur gemacht, weil Inga immer mit Eske tuschelte. Ständig ging es um etwas, das wir nicht wissen durften. Das hat Lisa in den Wahnsinn getrieben. Sie war mega neugierig deswegen. Dauernd hat sie Vermutungen darüber angestellt, worüber die beiden reden könnten.«

»Und hat sie es rausgekriegt?«, will Sophie wissen.

Marlene nickt grimmig. »Ja. Wenn Lisa was rauskriegen will, ist sie echt extrem. Sie hat sich auf einer Party Ingas Handy geschnappt und sich damit so lange im Klo eingesperrt, bis sie alles gelesen hat, was sie wissen wollte.«

»Habt ihr jungen Leute denn keinen Passwortschutz, oder Fingerprint oder was auch immer auf euren Smartphones?«

»Doch klar, natürlich haben wir das«, sagt Marlene mit einem Seitenblick auf ihre Mutter. »Aber Lisa schnappte sich das Handy, gleich nachdem Inga es auf den Tisch gelegt hatte. Da war der Schutz noch gar nicht an.«

»Verstehe.«

»Und hat dir Lisa erzählt, was sie herausgefunden hatte?«

Marlene nickt neuerlich. »Klar hat sie. Sie war so aufgeregt, sie konnte das unmöglich für sich behalten. Weil sie nämlich rausfand, dass . . . dass Inga schwanger war . . .«

»Oh mein Gott!«, ruft Marlenes Mutter aus und fährt sich mit allen zehn Fingern durch die Haare. »Warum hast du nichts davon erzählt?«

»Weil ich nicht wie Lisa bin. Ich denke, jeder Mensch hat das Recht auf eine Privatsphäre. Als dann in der Zeitung stand, Inga hätte sich umgebracht, dachte ich, es wäre deswegen.«

»Wann war das, als Lisa herausgefunden hat, dass Inga schwanger war?«

»Vor circa drei Wochen.«

»Und danach zog sich Inga aus der Gruppe zurück?«

»Ja. Erst wollte sie bloß mit Lisa nichts mehr zu tun haben, aber nach einiger Zeit kam sie gar nicht mehr.«

»Nun ergibt das alles ein Bild. Allerdings ein Bild, in dem mir noch die Jungs fehlen. Speziell der, von dem Inga schwanger wurde.«

Marlene kneift nun die Lippen aufeinander. Mit ihren zusammengekniffenen Augenbrauen sieht sie nicht so aus, als würde sie weitersprechen wollen.

»Dürften wir vielleicht einen Tee haben?«, fragt Svenja und blickt Karin Fitz freundlich an.

»Aber natürlich. Was bin ich nur für eine schlechte Gastgeberin!« Marlenes Mutter steht auf und begibt sich in die Küche. Svenja folgt ihr lächelnd und beginnt, sie in ein Gespräch zu verwickeln, um ihrer Kollegin die Möglichkeit zu geben, das Mädchen ohne die danebensitzende Mutter zu befragen.

Sophie weiß ihre Chance zu nutzen.

»Nun sind wir beim Kern der Sache angelangt, nicht wahr?«, fragt sie lächelnd. »Der Junge, der Inga geschwängert hat, muss nicht ihr Mörder sein. Trotzdem müssen wir wissen, wer es ist, um die Zusammenhänge zu verstehen.«

Marlene ist noch eine Nuance blasser geworden.

»Warum ist das wichtig?«

»Weil wir ganz dringend mit ihm sprechen müssen.«

»Aber . . .«

»Kein *aber*, Marlene. Die Sache ist zu wichtig. Mit wem war Inga zusammen?«

»Na gut . . . mit dem Robert.«

»Robert Kelsen?«, fragt Sophie ins Blaue.

»Nein, Claasen. Robert Claasen.«

46

Robert Claasen.
Der Name sagt Sophie rein gar nichts. Sie wirft einen Blick Richtung Küche und stellt erleichtert fest, dass ihre Kollegin Frau Fitz in eine Diskussion über Käsekuchen-Rezepte verwickelt hat. Diese Svenja ist ganz schön clever. Das hätte sie ihr gar nicht zugetraut. Lächelnd wendet sie sich wieder dem blassen Mädchen mit den glatten blonden Haaren zu.

»Erzähl mir bitte von Robert. Alles, was dir einfällt.«

»Hm . . . nun ja, er sieht gut aus, hat lange dunkle Haare, meistens zusammengebunden, und er ist Sportler, das sieht man ihm an. Er ist schon neunzehn, hat ein eigenes Auto – einen nagelneuen SUV. Seiner Mama gehört das Hotel Sonnenstrand, ein Nobel-Hotel mit Spa und Golfplatz und allem Pipapo.«

Sophie bemerkt den verträumten Blick, der sich auf Marlenes Gesicht ausbreitet, wenn sie über Robert spricht. Da scheint es sich wohl um einen Herzensbrecher zu handeln.

»Woher kannte Inga ihn?«

»Es gibt immer wieder Partys für junge Leute hier in der Umgebung, und seit wir sechzehn sind, dürfen wir dabei sein. Da kommen viele Jugendliche zusammen, und über ein paar Ecken kennt man sich eben.«

»Wie lange waren Inga und Robert denn zusammen?«

»Zusammen? Ich denke, so richtig zusammen waren sie nicht. Also nicht so wie Marten und ich. Die hatten bloß Spaß miteinander.«

»Offenbar blieb es nicht beim Spaß.«

»Ja . . . mhm . . . das wusste ich damals nicht. Erst als Lisa es herausfand. Inga hat nie erzählt, dass . . .«

»Dass sie Sex hatten?«

»Ja.«

»Und du bist sicher, dass sie von Robert schwanger wurde?«

Als Antwort wirft ihr Marlene bloß einen eindeutigen Blick zu.

»Was macht dich so sicher?«

»Lisa sagte, Inga hat mit ihm geschrieben, am Handy, über das Baby. Dass es seines ist und so.«

»Wer wusste es noch, außer euch vieren?«

»Niemand, glaube ich. Also, ich hab es jedenfalls nicht weiter erzählt.«

»Auch nicht deinem Freund?«

»Dem Marten? Nee, der ist nicht für Klatsch und so. Der sagt immer, wir sollen schnacken, wenn er nicht da ist.«

»Wie hat Robert auf Ingas Schwangerschaft reagiert?«

»Lisa sagte, er wollte, dass sie es wegmacht.«

»Und was wollte Inga?«

»Keine Ahnung. Sie hat ja dann nicht mehr mit uns geredet . . .« Marlene verstummt, als ihre Mutter und Svenja mit den Teetassen an den Tisch zurückkehren.

»Wir sind fürs Erste fertig«, wendet sich Sophie an Frau Fitz. »Für den Fall, dass noch weitere Fragen auftauchen, möchte ich Sie bitten, im Ort zu bleiben. Schlimm genug, dass Lisa nicht auffindbar ist.«

»Lisa ist nicht auffindbar?« Karin Fitz fährt erschrocken hoch. »Ist ihr auch etwas zugestoßen?«

»Nein, sie ist wohl mit ihrer Familie aus Husum geflüchtet.«

»Lisa ist fort?«

Marlene sieht ehrlich verblüfft drein.

»Ja. Wusstest du das nicht?«

Als Antwort schüttelt das Mädchen den Kopf.

»Hast du nicht vorhin noch mit ihr gewhatsappt?«, fragt Karin Fitz.

Augenblicklich macht sich die magere Sechzehnjährige steif wie ein Brett und umklammert ihr Handy.

Sophie versteht die Botschaft gut. Lisa ist die einzige Freundin, die ihr geblieben ist. Die einzige, die sie immer wollte, und die einzige, die noch lebt. Sie wird nichts sagen, was diese Freundschaft gefährden könnte.

Sophie reicht Mutter und Tochter die Hand zum Abschied. »Wir sehen uns sicher bald wieder.«

Kaum draußen, wirft Sophie Svenja einen eindeutigen Blick zu.

»Worum wollen wir wetten, dass die Telefone der beiden Mädchen in wenigen Sekunden zu glühen beginnen?«

Sie wählt Jaspers Nummer und legt dann ohne Begrüßung los .

»Ich hab die Vermutung, dass Lisa Bergmanns Handy in der nächsten halben Stunde extrem aktiv sein wird.«

»Alles klar«, erwidert Jasper. »So kriegen wir sie. Ich kümmere mich drum.«

»Was macht Thomsen?«, erkundigt sich Sophie.

»Der Rüde ist immer noch bei Frau Feddersen. Nein, Irrtum, ich seh durchs Fenster, dass er gerade einparkt.«

»Sehr gut. Wir sind auch in wenigen Minuten da, und wir haben mega Neuigkeiten im Gepäck!«

47

Im Großraum der Kripo hat sich das Team um den Besprechungstisch versammelt.

»Wir wissen, wer der Vater von Ingas Baby war«, platzt Svenja heraus.

»Ein gewisser Robert, möchte ich meinen«, brummt Thomsen und grinst dabei ein wenig selbstgefällig.

»Ganz genau, Robert Claasen. Woher wissen Sie das?«, reagiert Sophie überrascht.

»Ich weiß noch mehr!«, trumpft ihr Chef auf und klopft auf einen goldglänzenden Ordner. »Der gehörte Eske Feddersen. Und er glitzert nicht nur golden, er ist auch Gold wert.«

Mit einer triumphalen Geste klappt er ihn auf und blättert demonstrativ die eingehefteten Seiten durch.

»Dieses Mädchen war völlig abgedreht. Ich hab selten so einen Fall von Selbstüberschätzung und Größenwahn erlebt. Jeder, der sie bis jetzt als ehrgeizig und karrieregeil beschrieben hat, wusste nicht, dass dies nur die Spitze des Eisbergs war.«

»Jetzt bin ich aber neugierig!« Sophies Augen glitzern vor Neugier und sie beugt sich gespannt vor.

»Ich auch. Ist das ihr Tagebuch?«, will Svenja wissen.

»Nun, es ist kein Tagebuch im klassischen Sinne, obwohl man an den Einträgen erkennen kann, dass sie nach und nach hinzugefügt wurden. Aber es enthält keine

Datumsangaben, viel mehr ist es . . . egal, ihr müsst es euch selbst ansehen. Die wichtigsten Passagen lese ich jetzt laut vor:

Ich bin bereits auf einem guten Weg. Die Weichen sind gestellt – Attraktivität führt zum Ziel. Robert ist einfach perfekt für mich. Schon bald wird er mir gehören. Mitsamt seinem Luxushotel. Das Sonnenstrand ist eine echte Nobelanlage vom Allerfeinsten. Mit Pools, Wellness und Tennis. Sogar einen Golfclub haben sie dort. Genau so ein Hotel will ich. Und wenn ich seines nicht haben kann, dann will ich zumindest den Grundstock für mein eigenes legen.

Inga fädelt es gut ein. Schon bald wird er überzeugt sein, dass ich perfekt für ihn bin.

Rückschlag. Inga, die Verräterin, hat mich betrogen. Meine beste Freundin! Sie sollte mich unterstützen, stattdessen schnappt sie mir die Beute vor der Nase weg. Aber ich werde mich nicht geschlagen geben. Die wird sich noch wundern.

Maßnahmen:

Attraktivität erhöhen

Liebreiz erhöhen

Zubeißen, haha

Erfolg! Robert frisst mir aus der Hand. Kein Mann kann meinen Reizen auf Dauer widerstehen. Inga hat bloß seinem Werben nachgegeben, aber ich werde ihn süchtig machen. Süchtig nach mir.

Inga ist eine Null. Wie kann man bloß NICHT an Verhütung denken! So eine Schwangerschaft versaut einer Frau alles. Das Leben und die Karriere!

Robert ist völlig von der Rolle, weil Inga es ihm erzählt hat. Statt Wachs in meinen Händen ist er nun zittrig wie Espenlaub. Redet ständig nur noch von seiner Mutter, und dass sie mit allem recht hatte. Und dass sie ihn enterben wird. Diese Mutter muss ein Albtraum sein. Ich verspreche ihm, auf Inga einzuwirken, dass sie es wegmacht.

Robert, dieser Arsch, hat mir heute gesagt, dass er mit Inga nichts mehr zu tun haben will. Und auch mit mir nicht. MIT MIR! Er weiß es jetzt sicher, dass wir Gift sind für seine Zukunft, so wie seine Mutter es immer sagte. Es geht uns nur ums Geld. Mit dickem Bauch einheiraten in seine reiche Familie. Inga ist der Beweis.

Denkt dieser Scheißkerl wirklich, ich lass ihn so davonkommen? Ich hab ihn für mein Leben längst fix eingeplant! Und jetzt will er sich verpissen? Einfach so?

Der wird sich noch wundern.

Inga will bloß noch mit der ganzen Sache abschließen. Morgen fährt sie nach Hamburg.

Und was ist jetzt mit mir?

Was ist mit meinen Wünschen und Träumen?

Inga schreibt mir aus Hamburg, dass sie herausgefunden hat, dass Robert und ich Sex hatten. Was hat sie sich gedacht? Dass ich bloß zusehe, wie sie mir das Goldkind vor der Nase wegschnappt? Nun will sie mit mir nichts mehr zu tun haben. Ist mir auch recht.

Zeit für einen Neustart. Muss Robert wieder für mich gewinnen. Heute Abend werde ich so heiß sein wie nie zuvor.

Robert hat sich mir verweigert. MIR. Er will wirklich nichts mehr mit mir zu tun haben. Das könnte ihm so passen!

Warte nur, du Arsch! Wir beide sind noch nicht miteinander fertig!

Ich weiß, dass Inga die Abtreibung tatsächlich durchgezogen hat, aber er weiß es nicht, weil sie schon seit Tagen jeglichen Kontakt zu ihm abgebrochen hat. Das werde ich für mich nutzen.

DIE MACHT DER ILLUSION!

Sie wird mich reich machen!

Dieser Mistkerl wird schon bald einen Brief in Ingas Namen erhalten. Das wäre doch gelacht, wenn ich nicht zumindest hunderttausend Euro für mich herausschlagen könnte. Das muss es ihm schon wert sein, dass seine Mami nicht von ihrem Enkelkind erfährt.

KATASTROPHE!

Inga, das blöde Schaf, hat sich doch tatsächlich umgebracht. Wegen einer Abtreibung! Statt dass sie froh ist, das Ding in ihrem Bauch wieder los zu sein.

Ist schon doof, dass sie sich deshalb das Leben genommen hat. Ich hab echt geweint. Und meinen Plan ruiniert sie mir damit auch. Jetzt, wo sie tot ist, werde ich keinen Cent sehen.

Nun habe ich doch noch die rettende Idee. Köpfchen muss man eben haben! Robert weiß schließlich nicht, dass sie abgetrieben hat, er glaubt, sie ist schwanger gestorben. Schwanger von ihm. Das kann ich verwenden.

Ich muss nur noch einen zweiten Brief schreiben. Am besten etwas in der Art:

Hey, du Scheißkerl, triff mich heute um Mitternacht an der Seebrücke. Und bring 300.000 Euro mit. Sonst erzähle ich der Polizei, dass ich gesehen habe, wie du die Inga im Meer ertränkt hast, weil sie nicht abtreiben wollte. Dann werden sie einen DNA-Test machen und feststellen, dass du der Vater bist. Dafür stecken sie dich lebenslang ins Gefängnis. Besorg das Geld, wenn dir deine Freiheit lieb ist.

Ich denke, das wird ihn überzeugen – und Geld hat seine Familie schließlich genug.

Ach, wie ich es liebe, andere mit Illusionen zu manipulieren!«

»Oh mein Gott, das ist schrecklich! Wie kann eine Sechzehnjährige so abgebrüht sein? So gefühllos? So egozentrisch?« Svenja ist vor Entsetzen ganz aus dem Häuschen.

»Ich gebe dir recht«, stimmt Sophie zu. »Diese Aufzeichnungen geben Einblick in eine schwarze Seele, aber sie sagen uns auch noch etwas anderes. Eske war überzeugt davon, dass Inga sich selbst umgebracht hat. Sie hat nicht einmal darüber nachgedacht, ob Robert etwas mit Ingas Tod zu tun haben könnte. Sie wollte jemanden, den sie selbst für unschuldig hielt, des Mordes bezichtigen. Nun ja, sie hat damit gedroht, ihn zu bezichtigen.«

»Ob sie ins Schwarze getroffen hat?« Jasper spricht das aus, was sich gerade alle fragen.

»Halleluja.« Thomsen streicht sich über den Hinterkopf. »Da erfindet die kleine erpresserische Kröte eine Lügengeschichte, mit der sie vielleicht den Nagel auf den Kopf getroffen hat.«

»Kein Wunder, dass er sie danach ebenfalls ertränkt hat«, meint Svenja.

»Diesen Robert knöpfen wir uns gleich morgen in aller Früh vor«, bestimmt Thomsen. »Um fünf Uhr morgens, wenn er noch schlaftrunken in seinem Pyjama steckt, treiben wir seinen Puls auf 180. Bis er einknickt wie ein Strohhalm.«

Jasper nickt zustimmend, doch plötzlich werden seine Augen groß und er reckt den Kopf hoch, um besser sehen zu können. Sophie folgt seinem Blick in Richtung Glastür, die gerade aufgerissen wird.

Ein verrußter, nach Rauch stinkender Mann stolpert in den Raum. Er kracht zu Boden und bleibt liegen.

Svenja reagiert als Erste. Sie stürzt zu ihm hin, geht in die Hocke und stupst ihn an der Schulter.

»Was ist passiert?«

Der Mann richtet sich ein wenig auf und Sophie erkennt Sven Döring.

»Die haben mir die Bude abgefackelt.«

»Wer?«

»Weiß ich doch nicht. Ein paar Typen haben die Tür eingetreten, Benzin ausgeschüttet und meine Wohnung in

Brand gesteckt. Abschaum muss man ausräuchern, haben sie geschrien und dann waren sie wieder weg. Ich bin bis hierher gerannt, so schnell ich konnte.«

Er hustet und spuckt und Svenja bringt ihm ein Glas Wasser.

»Haben wir so was wie eine sichere Bleibe für ihn? Für ein oder zwei Nächte?«, fragt Sophie und sieht Thomsen an. Der nimmt Döring missbilligend ins Visier.

»Kannst in der Zelle pennen.«

»Ernsthaft jetzt?« Sophie schüttelt enttäuscht den Kopf.

»Jasper, kannst du nicht deine Mutti fragen, ob sie noch 'nen Wagen frei hat, für ein oder zwei Nächte?«, schlägt Svenja vor.

»Na schön, versuchen kann ich's ja. Aber bei meiner Mutti musst du dich anständig benehmen«, verlangt Jasper sehr ernsthaft und Döring nickt.

48

Sophie beschließt in der *Krabbe* zu Abend zu essen, um in der Abenddämmerung das Meer zumindest erahnen zu können.

Das Lüt un Lüt lässt sie bleiben, stattdessen bestellt sie Krabbenburger und eine Cola. Nur um sicherzugehen, dass sie sich nicht wieder auf einen gut aussehenden vermeintlichen Touristen einlässt.

Während sie auf ihre Bestellung wartet, ertappt sie sich dabei, wie sie nach lustig zwinkernden blitzblauen Augen Ausschau hält. *Enno ist längst in Amsterdam, du Doofkuh*, schimpft sie mit sich selbst. Er hat schon am Vormittag ein Foto von sich am Blumenmarkt via WhatsApp geschickt. Doch sie hat nicht geantwortet.

Nun tut sie es doch. Mit einem Smiley und einem Kuss Emoji.

Gleich darauf poppt eine neue Nachricht auf. Sie schmunzelt. Enno hat ihre Antwort sicher als Aufforderung zu einer vertiefenden Kommunikation verstanden.

Doch die Nachricht ist nicht von ihm. Statt eines Namens wird ihr bloß eine Handynummer angezeigt. Eine Nummer, die sie nur zu gut kennt.

>Bist du vor mir weggelaufen?<

Augenblicklich wird ihr heiß und kalt gleichzeitig. *Alles, nur das nicht!*

Sie löscht die Nachricht, blockiert die Nummer und bestellt etwas Hochprozentiges. Nachdem sie selbiges auf ex hinuntergekippt hat, wählt sie die Nummer ihrer Freundin.

Alex hebt erst nach dem zwanzigsten Klingeln ab. Gerade noch im letzten Moment, bevor Sophie wieder auflegen wollte.

»Sag bitte, dass es ein Notfall ist«, keucht Alex zur Begrüßung.

»Ist es.«

»Okay . . . Liebling, es dauert jetzt eine Weile, nimm dir was zu trinken und entspann dich.«

Diese Worte waren offenbar nicht an sie gerichtet.

»Evando?«, fragt Sophie neugierig.

»Nein. Dominik. Ein Neuzugang.«

»Läuft er dir weg, wenn er warten muss?«

»Denke nicht. Er ist höchst motiviert.«

»Oh gut. Ich muss nämlich unbedingt mit dir reden. *Er* hat mir geschrieben.«

»*Er*? Du meinst Finn?«

»Sprich seinen Namen nicht aus. Mir wird schon bei seinem Klang heiß und kalt.«

»Schon gut, schon gut . . . beruhige dich, er ist doch nicht Voldemort . . .«

»Für mein seelisches Gleichgewicht schon«, seufzt Sophie.

»Na gut, woher hat er überhaupt deine neue Nummer?«

»Das wollte ich dich fragen.«

»Mich? Also von mir hat er sie mit Sicherheit nicht«, erklärt Alex sofort.

»Natürlich nicht. Ich weiß, dass du mir das nie antun würdest. Aber wie . . .«

»Keine Ahnung. Ist ja jetzt auch egal. Hast du seine Nummer blockiert?«

»Ja, hab ich. Aber er könnte von einem anderen Telefon anrufen . . . am liebsten würde ich meine Nummer sofort wieder wechseln. Bloß wie soll ich das meinen Kollegen erklären?«

»Ganz ruhig, *er* ist ja kein perverser Stalker, wahrscheinlich will er sich bloß mit dir aussprechen.«

»Mag sein, aber das funktioniert nicht. Wenn ich seine Stimme höre, kommen alle Gefühle wieder hoch und dann halte ich die Trennung nie im Leben durch . . .«, stöhnt Sophie.

»Liebst du ihn immer noch?«

»Ja. Und dieser Liebeskummer bringt mich um.«

»Du kannst die Trennung auch wieder rückgängig machen . . .«, schlägt Alex vor.

»Kann ich nicht. Er hat sich für seine Frau entschieden und damit basta.«

»Aber nur, weil du ihm ein Ultimatum gestellt hast.«

»Ja, nach drei Jahren! Hätte ich ewig so weiter machen sollen? Du weißt doch, wie mich die Situation innerlich zermürbt hat.«

»Ich weiß.«

»Und jetzt hab ich keine Ahnung, wie ich ihn aus meinem Kopf kriegen soll . . .«, klagt Sophie und starrt in die dunkle Weite des Watts hinaus.

»Einfach an was anderes denken. Hast du nicht einen spannenden Fall am Laufen?«

»Ja, zum Glück. Sonst würde ich Luftschlösser bauen, ohne Ende. Wir haben soeben das Tagebuch einer der jugendlichen Toten gefunden. Ich bin ehrlich schockiert, dass man in dem Alter schon so kalt und berechnend sein kann.«

»Oh ja, die Welt ist schlecht. Was macht dein Kätzchen?«

»Es ist nicht mein Kätzchen.«

»Aber es wartet jeden Abend vor dem Wohnwagen auf dich.«

»Ja, aber nur, weil es mich um Futter anmaunzt.«

»Was es auch kriegt?«

»Logisch. Ich kann ihm einfach nichts abschlagen. Du müsstest mal sehen, wie es mich ansieht.«

»Sag ich doch. Deine Katze.«

»Quatsch. Außerdem ist *er* ein Kater.«

»Ach, seid ihr schon so intim?«

»Ja. Er präsentiert mir mit Vorliebe seinen Bauch zum Kraulen.«

»Siehst du, dein . . .«

»Mein Burger kommt, viel Spaß noch mit Dominik.«

»Danke«, kichert Alex.

Sophie starrt aufgewühlt in die Dunkelheit, während sie ihren Krabbenburger verdrückt. Den letzten Rest wickelt sie in eine Serviette und steckt ihn ein – für den kleinen schwarzen Kater mit den weißen Pfoten.

Der Mann, wegen dem sie Berlin verlassen hat, kehrt nun ständig in ihre Gedanken zurück. Wie sehr würde sie sich wünschen, stattdessen Ennos lustige Grimassen vor ihrem geistigen Auge zu sehen.

Kurz vor ihrem Wohnwagen hört sie bereits das vertraute Maunzen. Nun, das war zu erwarten. Doch was ist das? Schimmert da Licht aus dem hinteren Fenster?

Jetzt ist es aus. Von einem Moment auf den anderen ist der Wagen stockfinster. Das Maunzen des kleinen Katers wird lauter.

Sie schleicht sich an. Nun kann sie eindeutig Schritte im Wohnwagen wahrnehmen. Als die Tür von innen geöffnet wird, ist sie bereits in Angriffsstellung.

Sie packt den Mann, der herauskommt, hart an der Schulter und drückt ihn gegen die Wand.

»Wer sind Sie?«, zischt sie aufgebracht.

»Sven. Sven Döring.«

Richtig. In dem schwachen Licht der Abenddämmerung hat sie ihn nicht gleich erkannt.

»Und was zum Teufel machen Sie hier?«

Sie verstärkt ihren schmerzhaften Griff.

»Aua! Die Mutti von dem Laden hier hat gesagt, ich muss Ihren Fernseher reparieren, wenn ich hier wohnen will.«

»Oh.« Sophie lockert ihren Griff.

Döring zieht sich sofort ein paar Schritte zurück.

»Er geht jetzt wieder«, ruft er noch über die Schulter, bevor er in der Dunkelheit verschwindet.

»Danke.«

Sophie nimmt das maunzende Kätzchen hoch und krault es hinter den Ohren.

»Jetzt gibt es nur noch uns beide. Was möchtest du essen? Ein Stückchen Krabbenburger?«

Während sie dem kleinen Kater beim Fressen zusieht, nippt sie genüsslich an ihrem Rotwein. Es wäre fast idyllisch, wären da nicht die nervigen Gefühle, die ein schmerzhaftes Ziehen in ihrer Brust auslösen.

Als ihr Diensthandy zu klingeln beginnt, ist sie richtig dankbar für die Ablenkung. Es ist Jasper, und er klingt aufgeregt.

»Entschuldige die späte Störung, Sophie, aber wir haben Lisa Bergmann und ihre Familie endlich aufgespürt. Sie sind in Flensburg bei Freunden untergeschlüpft. Der Rüde hat mit dem Vater telefoniert. Sie bringen Lisa morgen früh um acht zur Befragung ins Büro.«

»Das ist ja erfreulich, aber wieso kooperieren die Eltern jetzt plötzlich?«

»Hm . . .« Jasper scheint sich seine Antwort gut zu überlegen. »Der Rüde kann sehr überzeugend sein, wenn er es drauf anlegt«, sagt er dann kryptisch.

Der Rüde. Sophie verzieht das Gesicht. Welche Art Verhalten soll man von einem Mann mit diesem Spitznamen schon erwarten?

Sie seufzt.

»Ist gut, Jasper, danke für die Nachricht. Ich werde mich auf Lisas Befragung vorbereiten. Sag deiner Mutti Danke für den Fernseher.«

Nach Beendigung des Telefonats schenkt Sophie sich noch einen Rotwein ein.

Lisa. Das fehlende Puzzleteil. Warum ist sie überhaupt weggelaufen? Sie ist mit ihrer Familie nach dem zweiten Todesfall verschwunden. War sie in irgendeiner Form in das Geschehen verwickelt, oder hatte sie Panik bekommen? Weiß sie etwas über den Täter oder befürchtet sie, das nächste Opfer zu sein?

Mit Sicherheit hat sie einiges über die Beziehungen der Jugendlichen untereinander zu erzählen. Immerhin war sie diejenige, die Inga das Handy gemopst hatte.

Sophie zündet sich eine Zigarette an und bläst den Rauch in die Nacht. Plötzlich ist sie mit ihrer Situation versöhnt. Nicht mehr sechzehn zu sein, und nicht mehr in Cliquenzugehörigkeit und hunderttausend Unsicherheiten verfangen zu sein, hat seinen eigenen Wert.

Auch die mächtigste Welle bricht irgendwann

DONNERSTAG

49

Ein frühmorgendlicher Einsatz hat seinen eigenen Zauber. Die Stadt liegt noch friedlich verschlafen da, während die ersten Sonnenstrahlen schräg durch die Luft brechen und in der Nase kitzeln. Es liegt Spannung in der Luft.

Hauptkommissar Thomsen hat sein Team instruiert. Während er und Jasper durch den Haupteingang zu den Privaträumen des Hotelerben vordringen, warten Sophie und Svenja am Hinterausgang, der in einen parkähnlichen Garten führt.

Dort wurde, zwischen blühenden Büschen, ein edel gestalteter Pavillon für einen Tauch-Workshop aufgebaut. An den Seitenwänden hängen Fotos mit beeindruckenden Unterwasseraufnahmen, dazwischen Neoprenanzüge in allen Farben und Größen, Tauchmasken und andere Utensilien.

Svenja spaziert ungeniert hinein.

»Für das Tauchen hätte ich auch eine Schwäche. Also, wenn ich Zeit hätte und das nötige Kleingeld«, lacht sie unbeschwert.

»Svenja«, zischt Sophie und legt einen Finger an die Lippen. »Vermassel es nicht!«

In diesem Moment summt ihr Diensthandy. Das Display zeigt Thomsens Namen und kurz darauf dringt seine sonore Stimme an ihr Ohr.

»Wir haben ihn. Bringen ihn jetzt in den

Vernehmungsraum.«

»Okay, wir sehen uns im Büro.«

»Entwarnung«, gibt sie an Svenja weiter, nachdem sie das Telefonat beendet hat.

»Fein, dann kann ich noch mal durch den Pavillon spazieren. Bei so einem Workshop wäre ich echt gern dabei.«

In der Personalküche ist gerade der Kaffee frisch durch die Maschine gelaufen. Jasper, der schon sehnsüchtig darauf gewartet hat, füllt seinen XXL-Becher bis zum Rand voll.

»Das ist jetzt aber doof, dass der Robert nicht redet«, motzt Svenja, die sich schon auf den Abschluss des Falles gefreut hatte.

»Treffend zusammengefasst«, kommentiert Sophie und stützt ihren Kopf in beide Hände. Robert Claasen kam zwar bereitwillig mit aufs Revier, weigert sich seitdem jedoch hartnäckig auch nur ein einziges Wort zu sagen, solange sein Anwalt noch nicht da ist.

Also wartet er in einer der Zellen der Polizeidienststelle im Erdgeschoss, während der Rest des Teams genervt die Zeit totschlägt. Thomsen hat sich mit übler Laune in sein Chefbüro zurückgezogen.

Sophie sieht ungeduldig auf die Uhr.

»Lisa Bergmann müsste jeden Moment hier sein. Ich hoffe, dass wenigstens sie spricht.«

»Ich auch«, schließt Jasper sich an und schlürft lautstark seinen Kaffee.

* * *

Der Zufall will es, dass Roberts Anwalt gleichzeitig mit Lisas Familie eintrifft. Schlagartig herrscht Hochbetrieb in den Räumen der Kripo.

Während Thomsen den Anwalt zu seinem jungen Klienten begleitet, bittet Sophie Lisa und ihre Eltern in ihr bescheidenes Büro, in das sie in weiser Voraussicht drei Besucherstühle geschoben hat.

Sie nimmt hinter dem Schreibtisch Platz und stellt das Aufnahmegerät an.

»Sie müssen sich bitte mit der Aufzeichnung einverstanden erklären.«

Die Eltern murmeln ihre Zustimmung und Sophie nutzt die Gelegenheit, um Lisa zu mustern.

Die Jugendliche wirkt angespannt. Das hellbraune stumpfe Haar hängt glatt an beiden Seiten herunter, die Haut ist fahl und ihr Blick huscht unsicher umher. Außerdem verraten ihre geschwollenen Augen, dass sie viel geweint hat.

»Hallo Lisa«, beginnt Sophie. »Wie geht es dir?«

»Geht so.«

»Zwei Freundinnen zu verlieren, das muss man auch erst mal verarbeiten – ist bestimmt nicht leicht. Du hast sicher schon gehört, dass sie möglicherweise Opfer eines Verbrechens geworden sind. Deshalb ist es sehr wichtig, dass du mir jetzt alles erzählst, was du darüber weißt.«

Lisa schluckt, sagt aber nichts.

»Okay, beginnen wir mit Eske, sie war deine liebste Freundin, nicht wahr?«

Lisa nickt.

Sophie deutet auf das Aufnahmegerät. »Du musst es aussprechen, bitte.«

»Ja.«

»Erzähl uns von ihr.«

»Nun, sie . . . Eske war toll. Ich hab sie bewundert. Sie wusste immer, was zu tun war . . . und sie hat immer so eine Energie gehabt, so von innen gestrahlt. Mit ihr war es nie langweilig. Ich wollte immer ihre beste Freundin sein . . .«

»Das warst du nicht immer, oder? Früher war Eske enger mit Inga befreundet, richtig?«

»Ja.«

»Und deine beste Freundin war Marlene?«

»Ja, sie ist nett, wir sind immer noch befreundet, und ich mag sie auch . . . aber sie ist nicht wie Eske. Ich meine, wie Eske war. Wenn man mit ihr zusammen war, hatte man nie das Gefühl, etwas zu verpassen.«

»Warst du eifersüchtig auf Inga?«

»Ja, schon. Eske hat oft etwas nur mit ihr unternommen, also früher, bevor . . .«

»Bevor Inga sich zurückgezogen hat, weil du dir ihr Handy geschnappt hast?«

»Ja.« Lisa senkt den Kopf. »Das war nicht richtig.«

»Erzähl uns, wie es von da an weiterging.«

»Inga wollte nichts mehr mit mir zu tun haben. Sie hat mich auf allen Apps gesperrt und meine Nummer blockiert. Eske war zuerst auch sauer auf mich, aber als ich ihr die Einzelheiten von den Chats erzählt habe, war sie doch neugierig. Es war auch richtig heftig, was da drinstand. Robert hat Inga massiv unter Druck gesetzt, das Baby abzutreiben. Das ging über Tage. Irgendwann hörte das abrupt auf. Ich denke, sie hat ihn ebenfalls geblockt. Inga war auf die ganze Welt angepisst. Und mittlerweile kann ich das auch verstehen.«

»Und was passierte dann?«, hakt Sophie nach, weil Lisa bloß noch aus dem Fenster sieht.

»Irgendwann ist Eske auf die Idee gekommen, Robert zu erpressen. Sie hat über nichts anderes mehr geredet als darüber, wie viel Geld sie aus ihm rausholen könnte. Weil das *Sonnenstrand*, also das Hotel seiner Mutter, doch ein Luxushotel ist und so . . . Das war irgendwie gruselig, weil ich eigentlich dachte, sie steht auf ihn. Sie hat immer von ihm geschwärmt, manchmal dachte ich sogar, sie war richtig besessen von ihm.«

»Dann war es wohl ein Schock für sie, als Robert mit Inga zusammenkam?«

»Stimmt. Da war sie völlig von der Rolle, und ich dachte, sie lässt Inga fallen, aber das tat sie nicht. Sie blieb an ihr und Robert dran und machte voll auf Konkurrenz. Eine Weile hatte sie tatsächlich Erfolg damit. Robert ließ Inga stehen und machte mit Eske rum, aber irgendwann hatte er sie beide satt. Aber da war Inga schon schwanger. Eske hat ihr geholfen, ein Institut in Hamburg zu finden, wo sie . . . na ja, Sie wissen schon . . .«

»Den Schwangerschaftsabbruch durchführen ließ«, ergänzt Sophie.

»Ja. Eske redete auf Inga ein, dass von Robert eine Menge Geld zu holen wäre, aber sie wollte nichts davon hören. Eske hingegen . . .«

»Kam sie auf die Idee, ihn zu erpressen?«

»Ja. Sie wollte die Situation nutzen, um kräftig abzukassieren. Aber Inga spielte da nicht mit, sie wollte es bloß hinter sich haben, und dann hat sie ohnehin den Kontakt zu uns abgebrochen.«

Lisa verstummt erneut, ihre Augen starr auf die Tischplatte vor ihr gerichtet.

»Wie ging es dann weiter?«, hakt Sophie nach.

»Eske verfolgte ihre Erpressungspläne immer hartnäckiger, sie sprach immer öfter von *ihrem Geld* für *ihr erstes Hotel*.«

»Wie genau ist diese Erpressung abgelaufen?«

»Sie wusste, dass Robert und Inga bereits völlig verkracht waren, also hat sie einen Zettel geschrieben – in Ingas Namen. Deshalb hat sie Großbuchstaben verwendet. Dass sie hunderttausend Euro will, ansonsten würde seine Mutter schon bald von dem Baby erfahren. Inga hatte zu diesem Zeitpunkt schon abgetrieben, aber Eske sagte, das macht nichts, weil Robert es nicht weiß. *Die Macht der Illusion* hat sie es genannt. Weil er denkt, dass sie das Baby bekommen will, würde es funktionieren. Eske hat den Zettel dann in ein unauffälliges Kuvert gesteckt, und ich musste ihn im Hotel Sonnenstrand in das Kästchen für die Post legen.«

»Wie, du musstest?«

»Sie sagte, sie könne das nicht selbst machen, weil sie so eine auffällige Erscheinung wäre. Mich würde keiner bemerken, und so wars ja auch.«

»Wie gings dann weiter?«

»Inga hat sich . . . das Leben genommen, und Eske war völlig außer sich. Aber dann wollte sie unbedingt mit der Erpressung weitermachen.«

»Wie denn? Wo Inga bereits tot war?«, hakt Sophie nach.

»Genau das hab ich auch gefragt, aber sie sagte irgendetwas ganz Kryptisches, wie *dem wachen Geist sind keine Grenzen gesetzt, und sie müsse bloß aus den vorhandenen Zutaten das Schlimmstmögliche zusammenzaubern.*«

»Soll heißen?« Sophie zieht die Augenbrauen hoch.

»Sie schrieb nochmals so einen Zettel und drohte Robert, dass sie bei der Polizei aussagen würde, dass sie gesehen hätte, wie er Inga im Meer ertränkt hat, weil sie nicht abtreiben wollte. Und dass er dann sein Leben im Gefängnis verbringen würde, weil die Polizei feststellen würde, dass er tatsächlich der Vater von Ingas Baby ist. Und die Handy-Chats würden beweisen, dass er sie schon seit Wochen zu einer Abtreibung gedrängt hat. Eske war sich sicher, dass er bezahlen würde, schon um die schlechte Presse für sein Hotel zu vermeiden.«

»Wie viel hat sie dieses Mal gefordert?«

»Dreihunderttausend.« Lisa senkt beschämt den Kopf.

»Hast du auch dieses Schreiben ins Hotel Sonnenstrand gebracht?«

»Ja. Am selben Tag, als Inga tot im Watt gefunden wurde. Abends.«

»Und da hast du dir nichts dabei gedacht?«, hakt Sophie nach.

»Doch, ich hatte richtig Angst.«
»Aber Eske nicht?«
»Nein, sie hat mich ausgelacht.«
»In der Nacht, als Eske starb, da hat sie bei dir übernachtet, richtig?«

Lisa kaut nervös auf ihrer Unterlippe.

»Ja«, sagt sie schließlich. »Aber sie schlich sich kurz vor Mitternacht weg. Durch das Fenster.«

»Wo wollte sie hin?«

»Zur Geldübergabe. Aber wo die stattfinden sollte, hat sie mir nicht gesagt«, schnieft Lisa. »Bevor sie durchs Fenster schlüpfte, sagte sie: *Jetzt gehts los, jetzt werde ich reich.*«

»Aber dann kam sie nicht zurück?«

»Ja. Ich bin irgendwann von der Warterei eingeschlafen, und plötzlich war es draußen wieder hell, und sie war immer noch nicht da. Also musste ich meine Eltern belügen und alleine in den Anker gehen.«

Von einem Moment auf den anderen bricht die Sechzehnjährige in Tränen aus. »Es tut mir so leid, ich weiß, ich hätte da nie mitmachen dürfen...«

»Das stimmt, aber es ist nun mal passiert.« Sophie sieht das Mädchen betrübt an. Eine rosige Zukunft hat sie nicht vor sich. Das Jugendgericht wird sich mit ihrer Rolle bei der Erpressung auseinandersetzen. Immerhin ist nun klar, warum sie sich mitsamt ihrer Familie vor der Polizei versteckt hatte.

»Wie habt ihr sichergestellt, dass Robert das Kuvert bekam und es nicht von jemand anderem geöffnet wurde? Ich denke, er ist nicht derjenige, der sich mit dem Posteingang des Hotels beschäftigt.«

»Eske hat es zugeklebt und groß und deutlich *An Robert Claasen, streng vertraulich!* darauf geschrieben.«

Ein lautes Klopfen an der Tür lässt alle hochschrecken.

Jasper steckt seinen Kopf herein. »Entschuldigung für die Störung. Herr Hauptkommissar Thomsen ersucht dich um

ein Wort.« Er sieht Sophie bei diesem Satz auffordernd an.
»In Ordnung. Machen wir eine kurze Pause. Jasper, du bleibst bitte inzwischen hier bei der Familie Bergmann.«

50

Als Sophie Thomsens Büro betritt, fühlt es sich an, als ob sie in einen Bärenkäfig geraten wäre. Der Hauptkommissar dreht wutschnaubend seine Runden um den Besprechungstisch. Sie glaubt, sogar ein Knurren zu vernehmen.

»Was ist los?«

»Der Hurensohn spricht nicht.«

»Chef!« Svenja, die ein wenig hilflos auf einem der Besucherstühle hockt, wirft ihrem Vorgesetzten einen tadelnden Blick zu.

»Was . . .?«, beginnt Sophie, doch Thomsen unterbricht sofort.

»Sein Anwalt lässt ihn kein Wort sagen. Also haben wir bloß seine DNA genommen, um sie mit jener zu vergleichen, die wir unter Eskes Fingernägeln gefunden haben.«

»Die DNA-Abnahme hat er zugelassen?«, wundert sich Sophie, denn soweit sie weiß, liegt noch kein richterlicher Beschluss darüber vor.

»Svenja hat nett gefragt, als der Anwalt mal kurz vor der Tür telefonieren war.«

»Ah, sehr schlau. Hat er dabei was gesagt?«

»Ja, hat er«, antwortet Svenja. »So in der Art, dass dieser Test seine Unschuld beweisen wird.«

Sophie sieht ihre Kollegin überrascht an, doch die hat

ihre eigene Theorie.

»Wahrscheinlich denkt er, dass wir ihn auf freiem Fuß lassen, bis ihn das Ergebnis überführt. Jeder weiß, wie lang das dauert . . .«

Sophie runzelt die Augenbrauen. »So lange dauert das schon lange nicht mehr. In Berlin . . .«

»Wir sind hier aber nicht in Berlin«, blafft Thomsen ungehalten. »Wir müssen ihn zum Sprechen bringen!«

Sophie blickt von Svenja zu Thomsen und wieder zurück.

»Lassen wir ihn erst mal eine Weile schmoren. Gibt es einen Kaffee für mich?«

»Klar.«

»Gibts auch was zu knabbern?« Ihre Augen suchen den Raum nach vorrätigen Kekspackungen ab.

»Was, machen wir jetzt ein Kaffeekränzchen?«, fragt Thomsen zynisch und fletscht die Zähne.

Sophie zuckt die Schultern. »So'n Keks würde Ihnen auch guttun. Beruhigt die Nerven.«

Der Blick, den Thomsen ihr nun zuwirft, sagt *noch ein Wort und ich fress dich lebend.*

Svenja steht auf und kehrt mit einer Packung Friesenkekse zurück.

»Danke.« Sophie reißt sie auf und beißt seelenruhig in das trockene Gebäck.

»Sind wir uns völlig sicher, dass Robert Claasen der Täter ist?«, fragt sie mit vollem Mund, während Thomsen sie immer noch wutentbrannt anstarrt.

»Was soll das jetzt? Haben Sie Eskes Tagebuch nicht kapiert, oder erzählt die kleine Bergmann was anderes?«

»Nein, die bestätigt die Aufzeichnungen ihrer Freundin zu hundert Prozent. Eske hat ihn tatsächlich erpresst. Und Lisa Bergmann hat sogar mitgeholfen.«

»Na also. Dann ist es wohl logisch, dass wir uns sicher sind. Wir müssen den Drecksack bloß noch zum Sprechen bringen ...«

»Die DNA-Abgabe hat mich stutzig gemacht«, überlegt Sophie laut. »Warum hat er das gemacht? Bloß, weil Svenja ihn lieb darum gebeten hat? Oder weil er wirklich unschuldig ist?«

»Pah, der und unschuldig!«, bellt Thomsen. »Den zerfrisst doch das schlechte Gewissen bei lebendigem Leib! Das sieht ein Blinder, dass der schuldig ist. Dass ausgerechnet Sie auf diese billige Unschuldsnummer reinfallen!«

»Wissen Sie, Herr Hauptkommissar, mit Mördern habe ich so meine Erfahrungen. Was die am meisten fürchten, ist der DNA-Beweis. Weil der jede Lügengeschichte aufdeckt. Sie glauben gar nicht, was sich Täter alles einfallen lassen, um der DNA-Abnahme zu entgehen.«

»Vielleicht ist er bloß 'n Dösbaddel?«

»Ja, vielleicht. Vielleicht aber auch nicht.« Sie beißt geräuschvoll in einen weiteren Keks und schmunzelt. *Dösbaddel.* Den Ausdruck für Leute mit verminderter Intelligenz hat sie hier im Norden schon öfter gehört. »Ich würde Folgendes vorschlagen: Ich spreche noch mal mit Lisa Bergmann, und Sie fischen unter einem Vorwand den Anwalt aus dem Vernehmungszimmer. Währenddessen kann Svenja unserem Verdächtigen ein Tässchen Kaffee anbieten – denn offenbar redet er mit ihr, wenn der Anwalt nicht danebensitzt.«

Thomsen flucht noch eine Weile, geht aber dann auf Sophies Vorschlag ein. Doch die Grimasse, die er dabei zieht, verrät, dass dieses Zugeständnis lediglich der Frustration geschuldet ist.

Zurück in ihrem Büro fokussiert Sophie ihre Gedanken wieder auf die Familie Bergmann. Lisa und ihre Eltern wirken sehr erschöpft, obwohl Jasper sie in der Zwischenzeit mit Getränken versorgt hat.

»Können wir jetzt gehen?«, urgiert der Vater. »Lisa hat

doch schon alles gesagt.«

Sophie nickt ihm freundlich zu.

»Bald. Lisa, erzähl mir noch einmal, wie du die Erpresserbriefe im Hotel Sonnenstrand abgegeben hast? Wie war das ganz genau?«

Das Mädchen nickt, vermeidet jedoch den Blickkontakt.

»Ich ging rein und hab das Kuvert in der Hand gehalten. Eske sagte, ich solle es einfach zur anderen Post dazulegen, aber ich wusste nicht, wo das Postfach war. Ich hab geguckt, aber es nicht gesehen. Die Dame an der Rezeption hat mich dann gefragt, ob sie mir helfen könnte. Da hab ich ihr den Umschlag gegeben. Sie hat ihn in ein Fach hinter dem Tresen gelegt.«

»Und beim zweiten Mal?«

»Da wusste ich schon, wo das Postfach war, und da war die Rezeption auch nicht besetzt. Also hab ich das Kuvert selbst dorthin gelegt.«

»Hmm . . . was ist eigentlich deine Meinung?«, fragt Sophie plötzlich. »Denkst du, Robert hat Eske getötet?«

Lisa hebt den Kopf und sieht sie mit entgeistertem Blick an.

»Ja«, haucht sie dann. »Wer soll es denn sonst gewesen sein?«

»Ja, wer sonst?«, wiederholt Sophie nachdenklich. »Na gut, Lisa, ich danke dir für deine Aussage. Die Verhandlung vor dem Jugendgericht kann ich dir leider nicht ersparen.«

»Ich weiß, ich bin ja selbst schuld.« Mit hängendem Kopf steht die Jugendliche auf und wendet sich mit ihren Eltern zum Gehen. An der Tür dreht sie sich noch mal um.

»Frau Kommissarin, es tut mir wirklich leid. Ich hätte da niemals mitmachen dürfen.«

51

Jasper nimmt gerade den letzten Friesenkeks aus der Packung, als Sophie in den Großraum zurückkehrt. Schnell legt er ihn wieder zurück.

»Sorry, ich wollte nicht . . .«

»Schon gut. Lass es dir schmecken. Wo steckt Svenja?«

Während Sophie sich noch umblickt, kommt ihre Kollegin mit einer dampfenden Kanne Kaffee zur Tür herein.

»Konntest du an unseren Hauptverdächtigen herankommen?«, fragt Sophie.

»Ja. Aber nur kurz. Ich hab ihm 'n Tässchen angeboten und ihn gefragt, wie es ihm geht. Er sagte *beschissen*. Und ich sagte, dass ein Geständnis helfen kann, sich besser zu fühlen. Aber nun wirds richtig schräg: Darauf sagte er nämlich zu mir: *Sie kennen meine Mutter nicht*. Das ergibt doch keinen Sinn, oder?«

»Vielleicht doch. Hat er noch was gesagt?«

»Nein, der Anwalt kam wieder rein und der Rüde gleich hinterher. Und seitdem ist es echt gruselig dort drin. Unser Chef geht wie ein Tiger im Käfig auf und ab, und der Anwalt sitzt gelangweilt daneben, als ob ihn das alles nichts anginge.«

»Ich denke, der Anwalt will bloß sicherstellen, dass Robert nicht spricht. Ich wette, er wurde nicht von ihm engagiert . . . ich meine, Robert ist neunzehn, der hat doch keinen Rechtsanwalt an der Hand. Wie war das genau, als ihr ihn verhaftet habt?«, wendet Sophie sich nun direkt an ihren Kollegen.

Jasper schluckt schnell den Rest der Schnitte hinunter. »Wir haben geklopft, und die Mutter hat uns die Tür geöffnet. Der Rüde sagte, wir haben einen Haftbefehl für ihren Sohn und sie ist erst mal ausgetickt. Aber dann weckte sie ihn für uns. Er zog sich an und kam widerstandslos mit. Seine Mutter begleitete ihn bis zum Auto und redete unentwegt auf ihn ein, dass sie ihm sofort einen Anwalt besorgt und er auf gar keinen Fall etwas sagen soll, bevor der auftaucht.«

»Hmm . . .«, macht Sophie und starrt Löcher in die Luft.

»Also, mir kam das nicht ungewöhnlich vor«, fügt Jasper noch hinzu. »Ist doch normal, dass eine Mutter ihr Kind beschützen will . . .«

»Welche Kleidung trug sie?«

»Wer?«

Sophie verdreht die Augen. »Na, die Mutter.«

»Keine Ahnung, darauf hab ich nicht geachtet.«

Doch so leicht gibt Sophie nicht auf.

»Komm schon, Jasper, du bist ein Mann – und Männer glotzen Frauen doch gern aufs Dekolleté.«

»Also, das ist jetzt sexistisch«, kichert Svenja, aber Jasper ist zu konzentriert, um darauf einzugehen. Sogar zu konzentriert, um rot zu werden.

»Sie hatte keins«, sagt er nachdenklich. »Ich hab gerade versucht, mich an ihre Ti . . . ich meine an ihr Dekolleté zu erinnern, doch da war keins. Sie hat etwas Hochgeschlossenes getragen.«

»Mit kurzen oder langen Ärmeln?«

»Mit langen, glaube ich.«

»Bei diesem Wetter? Wir haben über 25 Grad«, gibt Sophie zu bedenken.

»Ja, weiß ich auch. Vielleicht wegen ihrer Klimaanlage zu

Hause? Die teuren Hotels haben doch alle eine . . .«

»Schon gut, danke dir.« Sophie steht auf.

Jasper sieht ihr nach, wie sie den Großraum quert und die Tür zum Vernehmungszimmer öffnet. Dann zuckt er mit den Schultern und wendet sich seiner jungen Kollegin zu.

»Sag mal, Svenja, hast du vielleicht noch so 'ne Packung Friesenkekse?«

Drei Augenpaare starren sie an, als Sophie den Vernehmungsraum betritt. Die Luft da drinnen steht bereits und die anwesenden Personen verhalten sich, wie von Svenja beschrieben. Thomsen macht einen auf Tiger, während der Anwalt neben seinem Mandanten sitzt und mit dem Handy spielt.

Sophie lässt sich auf einem freien Stuhl nieder und mustert den Verdächtigen eingehend. Er trägt Shorts und ein lockeres T-Shirt ohne Ärmel mit großzügigem Rundhalsauschnitt. Ganz so, als ob er mit Freunden am Strand verabredet gewesen wäre.

»Würden Sie Ihr T-Shirt für mich ausziehen?«

»Wie bitte?« Robert Claasen sieht sie irritiert an. Auch der Anwalt mustert sie nun.

Geduldig wiederholt Sophie ihre Frage.

»Warum sollte er das tun?«, geht nun der Anwalt dazwischen.

»Weil ich ihn darum bitte.«

»Das reicht nicht.«

»Na schön, ich hab einen Hinweis erhalten, dass der Täter ein Skorpiontattoo auf der Brust hat«, fantasiert Sophie ins Blaue.

»Ich habe kein solches Tattoo. Ich hab überhaupt kein Tattoo.« Mit einer schnellen Bewegung zieht Robert sein T-Shirt über den Kopf und entblößt einen makellosen Oberkörper. Sophie steht auf und geht einmal um ihn herum. Sie betrachtet ihn ganz genau.

Thomsen sieht ihr mit gerunzelten Brauen zu.

»Danke«, sagt sie und lächelt dem Verdächtigen zu. »Kein Tattoo, eindeutig.«

»Dann können wir jetzt endlich gehen?« Der Anwalt erhebt sich mit einem Seufzer der Erleichterung.

»Tut mir leid. Nein. Aber danke fürs Mitspielen.«

Sophie richtet ihren Blick nun auf ihren Chef.

»Wir sollten uns draußen unterhalten.«

»Das denke ich auch.« Kopfschüttelnd folgt Thomsen ihr hinaus.

»Was war das eben für eine Show, die Sie da abgezogen haben?«, knurrt er, kaum, dass er die Tür hinter sich zugezogen hat.

Sein Tonfall lockt Svenja und Jasper an, die neugierig näherkommen.

»Robert Claasen hat Eske nicht umgebracht.«

»Ach, hat er nicht?«

»Nein. Er hat überhaupt keine Kratzspuren. Zumindest nicht am Oberkörper und an den Armen. Wenn Eske ihn gekratzt hat, könnten sich die Spuren bloß noch unterhalb der Gürtellinie verstecken, was aber doch eher seltsam wäre . . .«

»Und wer wars dann?«, blafft Thomsen.

Sophie zuckt betont lässig mit den Schultern. »Ich vermute mal, seine Mama.«

»Seine Mama?« Thomsen lacht aus vollem Hals und Jasper stimmt mit ein. Auch Svenja kichert, wird aber plötzlich ernst.

»Sie ist Taucherin«, sagt sie mitten in das Gelächter hinein.

»Wer?«, fragt Jasper.

»Na, die Mutti vom Robert.«

»Und woher weißt du das?«, blafft Thomsen.

»In dem Pavillon im Garten, da war doch dieser Tauch-

Workshop. Da gab es Bilder und Zeitungsartikel von ihr im Neoprenanzug.«

»Und sie trägt eine langärmlige Bluse«, sagt Jasper nun nachdenklich.

»Nicht du auch noch . . .«, stöhnt Thomsen.

»Ich vermute, sie hatte die Möglichkeit, die Erpresserbriefe zu lesen. Und sie hat zweifellos ein Interesse daran, ihren Sohn – und auch ihr Hotel – vor Schaden zu bewahren«, ergänzt Sophie.

»Ach, ja?«, grummelt Thomsen und verzieht das Gesicht. »Und jetzt?«

Sophie lächelt ihm spitzbübisch zu.

»Jetzt holen wir sie her, und dann lassen wir Mutter und Sohn aufeinander los. Einer von beiden muss es ja gewesen sein!«

52

»Sie kriegen jetzt gleich einen Loyalitätskonflikt«, sagt Sophie zu Robert Claasens Anwalt, der nach wie vor recht unbeteiligt anwesend ist.

Nun fährt er hoch. »Wie bitte?«

»Sie werden sich entscheiden müssen, welche der verdächtigen Personen Sie vertreten wollen, denn der Hauptkommissar hat soeben Ihre Auftraggeberin verhaftet.«

»Frau Claasen?«

Die Überraschung ist ihm anzusehen.

»Mutter?« Robert springt auf und sieht Sophie fassungslos an.

»Richtig. Die Mutti.«

»Aber warum denn? Was hat meine Mutter damit zu tun? Und warum wurde sie verhaftet? Scheiße, das verzeiht sie mir nie!«

»Was denn?«, fragt Sophie listig.

»Na, die ganze Kacke hier! Mit Inga!«

»Sie sollen nichts sagen!«, geht der Anwalt dazwischen und Robert lässt sich mit hängenden Schultern wieder auf seinem Stuhl nieder.

Sophie setzt sich ihm gegenüber.

Sie warten schweigend, bis Hauptkommissar Thomsen die Tür aufstößt und Victoria Claasen in Handschellen hereinführt. Sie ist elegant gekleidet und ganz offensichtlich hatte sie noch Zeit gehabt, sich die Haare machen zu lassen.

Robert springt neuerlich auf.

»Mutter! Oh mein Gott! Es tut mir so leid.«

»Das soll es auch! Das ist alles deine Schuld!« Die schlanke, dunkelhaarige Frau in Bluse, Blazer und Seidenschal sieht ihn vorwurfsvoll an. Dann entdeckt sie den Anwalt.

»Dr. Kalterer! Beenden Sie diese Farce hier, verdammt noch mal!«

»Also wirklich!«, schimpft nun auch der Anwalt. »Was werfen Sie meiner Mandantin eigentlich vor?«

»Mord«, sagt Sophie sanft. Sie sieht der Frau mit den aufwendig geföhnten Haaren und den harten Augen unverblümt ins Gesicht. »Wir verdächtigen Sie, Eske Feddersen so lange unter Wasser gehalten zu haben, bis sie ertrunken ist.«

»Das ist doch Quatsch!«

»Ach ja?«, knurrt Thomsen. »Dann zeigen Sie meiner Kollegin bitte Ihren nackten Oberkörper. Wir denken nämlich, Sie tragen nur deshalb bei dieser Hitze so viel Stoff, weil Sie ein paar Kratzspuren verstecken wollen.«

»Also, das ist doch die Höhe! Herr Dr. Kalterer, muss ich mir das bieten lassen? Ich möchte sofort gehen!«

Doch nun zieht Thomsen die nächste Trumpfkarte. »Wir wissen, dass Sie Eske Feddersen in der Mordnacht zur Schobüller Seebrücke bestellt haben, wo die Geldübergabe stattfinden sollte.«

»Welche Geldübergabe?« Robert Claasen sieht ratlos von einem zum anderen.

In der gespannten Stille gibt Thomsens Diensthandy deutlich hörbar einen Signalton ab. Mit einer effektvollen Geste zieht er es aus der Tasche.

»Sieh einer an – eine E-Mail vom Labor. Gerade zur rechten Zeit! Wissen Sie«, wendet er sich daraufhin wieder direkt an seine Verdächtige, »wir haben Spuren fremder DNA unter Eske Feddersens Fingernägeln sichergestellt, weil am Zustand der Nägel erkennbar war, dass sie sich gewehrt hat. Diese DNA-Spur konnte nun ausgewertet werden, und sie gehört definitiv zu einer Frau!«

Thomsens Gesichtsausdruck spiegelt seinen Triumph wider.

»Frau Claasen, wenn ich Sie nun zum DNA-Test bitten dürfte.«

Das Gesicht der kultivierten Frau in dem hochgeschlossenen Business-Outfit ist von einer Sekunde auf die andere aschfahl geworden.

»Mutter?« Roberts Stimme klingt heiser, als er entsetzt auf sie zustürmt. »Mutter? Was hast du getan?«

»Du wagst es, mir Vorwürfe zu machen? Du? Du bist doch schuld an der ganzen Misere! Ich hab dir hundertmal gesagt, du sollst die Finger von den billigen Flittchen lassen, die sind doch bloß auf unser Hotel aus. Und auf unser Geld. Jetzt siehst du, was du angerichtet hast!«

»Aber deshalb musst du sie doch nicht gleich umbringen!«, flüstert Robert tonlos.

»Frau Claasen, Sie sagen jetzt besser nichts mehr«, empfiehlt der Anwalt.

Doch Victoria Claasen ignoriert ihn. Sie ist viel zu sehr damit beschäftigt, ihrem Sohn Vorhaltungen zu machen.

»Das musst gerade du sagen! Erst schwängerst du eine, und dann lässt du dich dabei erwischen, wie du dieses Problem beseitigst – und machst uns damit ein Leben lang erpressbar!«

»Frau Claasen«, brüllt der Anwalt. »Hören Sie auf zu sprechen!«

Doch die teuer gekleidete Frau mit der aufwendigen Frisur ist nun völlig außer sich. »Glaubst du, dafür habe ich mein ganzes Leben lang geschuftet? Damit mir dann so ein billiges Servierflittchen alles ruiniert, was ich aufgebaut habe! Wenn du deine Verantwortung für das Hotel wahrgenommen hättest, dann säßen wir jetzt nicht in der

Patsche!«

»Das Hotel, das Hotel, das Hotel!«, brüllt Robert nun zurück. »Immer kommt das Hotel an erster Stelle, und dann lange nichts. Und dann erst ich.«

»Aber das Hotel ist doch unser Leben . . .«

»Es ist dein Leben! Es war nie meins. Seit ich denken kann, höre ich, wie du Menschen nach ihren beruflichen Erfolgen bewertest, oder noch schlimmer, nach ihrem Vermögen. Jeder Freund und jede Freundin, die ich je hatte, wurde so abklassifiziert. Als ob niemand an mir, sondern alle nur an meinem Geld interessiert gewesen wären!«

»Aber genau so ist es, du Töffel! Die erste kleine Schlampe wollte hunderttausend für die Abtreibung. Das kannst du wohl nicht abstreiten, deshalb hast du sie ja kaltgemacht! Die zweite wollte dann dreihunderttausend als Schweigegeld für den Mord. Und diese Ratte hätte ewig weiterkassiert.« Während sich Victoria Claasen nun in einer hysterischen Schimpforgie hineinsteigert, sinkt Robert auf seinen Stuhl zurück.

»Ich kapier das nicht, das ergibt doch alles keinen Sinn.«

Nach einer Weile gelingt es Thomsen, sich mit seinem tiefen Bass Gehör zu verschaffen und verfügt die Verlegung von Victoria Claasen in einen anderen Vernehmungsraum. Dr. Kalterer folgt seiner Mandantin und Sophie bleibt mit dem jungen Claasen allein zurück.

Sie schenkt ihm eine Tasse Kaffee ein, um die Situation zu entspannen.

»Wir wissen jetzt, dass Sie Eske nicht ermordet haben. Erzählen Sie mir doch, was wirklich passiert ist.«

»Ich weiß es nicht. Ich weiß überhaupt nicht, wie es so weit kommen konnte.« Robert stützt sein Gesicht in beide Hände und starrt regungslos auf den Tisch.

»Fangen Sie ganz am Anfang an. Wie haben Sie Inga kennengelernt?«

»Eigentlich über Eske. Wir Jugendlichen kennen uns ja alle irgendwie und Eske hat mich schon mehrmals angesprochen, sie war geradezu besessen von Hotels. Jedes Gespräch, das sie anfing, drehte sich um die Hotellerie. Ich hatte immer irgendwie den Eindruck, sie wollte Eindruck schinden bei mir mit ihrem Wissen, aber . . .« Er verstummt und eine Weile schaut er einfach nur ins Leere.

Sophie lässt ihm Zeit.

»Aber es war nicht das, was mich interessiert hat«, nimmt er den Faden wieder auf. »Ich liebe Musik und fahre gern mit dem Boot aufs Meer . . . na egal, irgendwann ist mir Inga aufgefallen, sie war richtig süß, und lustig und . . .«

Nun verstummt er neuerlich.

»Sie haben sich in sie verliebt?«

»Vielleicht ein bisschen. Irgendwie schon, aber irgendwie konnte ich es auch nicht, weil . . .«

»Weil Ihre Mutter sie nicht akzeptiert hätte?«, vermutet Sophie. Nach allem, was Frau Claasen gerade von sich gegeben hat, erscheint ihr das naheliegend.

»Ja . . . das klingt jetzt wahrscheinlich lächerlich, aber seit ich denken kann, höre ich, welche Mädchen ich unbedingt meiden muss.«

»Und welche sind das?«

Er seufzt und fährt sich mit den Fingern durch sein langes dunkles Haar. »Eigentlich alle *normalen*. Also alle, die nicht mindestens so reich sind wie wir. Schon mit sechs Jahren durfte ich bloß mit Kindern spielen, deren Eltern ebenfalls ein Hotel hatten, oder sonst wie in Geld schwammen. Reiche Mädchen wurden von meiner Mutter hofiert, andere durfte ich nicht einmal ansehen.«

»Und trotzdem fingen Sie etwas mit Inga an?«

»Ja, sie hatte etwas Entzückendes, Lebendiges. Sie war lebenslustig und unkompliziert. Trotzdem war von Anfang an der Wurm drin. Eske hat mich ständig angemacht, zu mir nach Hause konnten wir nicht, und überhaupt musste ich dauernd aufpassen, dass mich niemand, der meine Mutter kennt, mit ihr zusammen sieht. Inga hat das nicht verstanden und es kam deswegen häufig zu Streit, und dann war sie auch noch schwanger. Ich bin völlig ausgerastet, als sie es mir erzählt hat, weil genau das, was meine Mutter mir mein Leben lang prophezeit hat, eingetreten ist.«

»Sie wollten, dass sie abtreibt?«

Er nickt und starrt zu Boden.

»Ja. Ich schäme mich jetzt sehr dafür. Ich hatte total Panik, dass meine Mutter es rausfindet und hab mich davon richtig kirre machen lassen, anstatt mich um sie zu kümmern. Zu meiner Schande muss ich gestehen, dass ich den Abbruch wirklich eindringlich von ihr verlangt habe. Sie hat mich deshalb sogar auf WhatsApp und Messenger gesperrt. Ich habe mich daraufhin tagelang in meinem Zimmer verbarrikadiert und so gut wie möglich betäubt. Hauptsächlich mit Alkohol. Doch irgendwann wurde mir klar, dass das alles bloß krank war . . . dass ich voll der Scheiß-Typ war . . . also wollte ich mich entschuldigen. Ich wollte ihr sagen, ich würde zu ihr stehen und sie unterstützen.«

»Wann war das?«, hakt Sophie nach.

»In der Nacht, als sie starb. Ich passte sie abends mit Blumen auf ihrem Heimweg ab und konnte sie zu einem Spaziergang überreden. Sie hat zu Hause angerufen und erzählt, sie würde die Nacht bei Eske verbringen. Auf dem Weg kauften wir bei einer Tanke einige Drinks . . . leider mit hochprozentigem Inhalt . . . und dann gingen wir weiter, immer Richtung Ufer – bis zur Seebrücke. Da hat sie mir dann erzählt, dass das Baby schon weggemacht war. Sie hat geweint, und dann hab ich auch geweint. Wir haben immer mehr getrunken, und je mehr wir tranken, desto schlimmer wurde es. Sie hat mir vorgeworfen, ich hätte ihr Leben zerstört, und ich hab aus lauter Selbstgeißelung noch mehr getrunken. Irgendwann sagte sie, das Leben wäre voll kacke mit solchen Arschlöchern wie mir. Dann lief sie auf die Seebrücke hinaus. Da wars schon nach Mitternacht und außer uns war niemand dort. Sie stolperte mehrmals und irgendwann stürzte sie und blieb liegen. Ich wollte sie zurücktragen, aber konnte es nicht, weil mir von dem vielen Alkohol schon megaschwummrig war. Also zog ich sie an den Armen hinter mir her. Auf der Hälfte des Steges kam sie wieder zu sich und trat nach mir. Sie sagte, ich solle verschwinden, sonst müsste sie sich ins Meer stürzen, weil sie meinen Anblick nicht länger ertragen könnte.«

»Und dann?«, fragt Sophie nach einer Weile, weil Robert nur noch zu Boden starrt.

»Dann bin ich gegangen.«

»Allein und völlig betrunken?«

»Ja. Ich Idiot dachte in meinem Dusel tatsächlich, dass sie recht hatte, dass ich ihr meinen Anblick nicht länger zumuten dürfte . . . wie ich heimgekommen bin, weiß ich nicht mehr. Den ganzen nächsten Tag hab ich verschlafen, und als ich abends munter wurde, war es schon in den Nachrichten. Seitdem habe ich mein Zimmer nicht verlassen. Die ganze Zeit denke ich nur, dass es meine Schuld ist, dass sie gestorben ist.«

Robert legt erschöpft den Kopf auf den Tisch.

»Wie war das mit der Erpressung? Wann hat das begonnen?«, möchte Sophie wissen.

»Ich weiß überhaupt nichts von einer Erpressung. Keine Ahnung, was meine Mutter da vorhin gefaselt hat.« Er schüttelt genervt den Kopf. »Das hat sie sich wahrscheinlich ausgedacht.«

»Nein, hat sie nicht. Wir wissen, dass Eske Ihnen Briefe geschrieben hat – mit sehr hohen Geldforderungen. Haben Sie keinen einzigen erhalten?«

»Nein, wie sollte ich die denn bekommen haben?«

»Eine Freundin von Eske, Lisa Bergmann, hat sie bei der Rezeption abgegeben.«

»Davon weiß ich nichts. Was stand denn drin?«

»Das wissen wir noch nicht mit Sicherheit, aber so wie es aussieht, verlangte Eske in Ingas Namen zuerst hunderttausend Euro für die Abtreibung, und nach Ingas Tod dreihunderttausend als Schweigegeld für den Mord an ihr.«

»Eske wollte hunderttausend Euro für die Abtreibung? Und dreihunderttausend als Schweigegeld für den Mord an ihr? Wie kam sie bloß auf die Idee? Ich habe Inga doch nicht ermordet . . .« Robert Claasen schüttelt eine Weile den Kopf und sieht dann verloren aus dem Fenster.

Sophie steht auf und legt ihm eine Hand auf die Schulter.

»Ich lasse Sie jetzt in U-Haft überstellen. Der Staatsanwalt muss entscheiden, ob er Ihre Geschichte glaubt oder Sie wegen Mordes anklagt. Auch unterlassene Hilfeleistung könnte ich mir vorstellen. Wollen Sie jemanden anrufen?«

Robert schüttelt ablehnend den Kopf. »Ich wüsste nicht, wen.«

53

Rüdiger Thomsen ist sehr mit sich zufrieden. Im Geiste klopft er sich selbst auf die Schulter.

Gut, dass ihm Maike letzte Nacht die Weckfunktion auf seinem Handy erklärt hat. Und auch, wie man unterschiedliche Klingeltöne einstellen kann. Ein Glück, dass er schon nach der ersten Flasche Rotwein beschlossen hatte, bei ihr zu übernachten. Nach der zweiten hätte er mit der modernen Technik seine Probleme gehabt. Aber so konnte er das Gelernte gleich anwenden und für die Vernehmung der Claasens einen Weckton auswählen, der wie eine E-Mail-Benachrichtigung klingt.

Euphorisiert von seinem Sieg genießt er es über die Maßen, die Täterin überführt und den Fall abgeschlossen zu haben. Jetzt, im Nachhinein, ist er der Meerkatz dankbar für ihren ausgeprägten Spürsinn und ihre Hartnäckigkeit. Ohne die Autopsie hätten sie nie erfahren, dass bei der zweiten Mädchenleiche mit Sicherheit und bei der ersten möglicherweise Fremdeinwirkung vorliegt, und ohne Kenntnis des Schwangerschaftsabbruchs wäre so einiges nicht ins Rollen gekommen.

Das würde er natürlich nie zugeben. Aber er machte einen Kurzbesuch im Lebensmittelladen um die Ecke und besorgte eine Flasche Champagner, um den Abschluss des Falls gebührend mit seinem Team zu feiern.

Svenja muss wohl etwas geahnt haben, denn sie hat

bereits den Großraum zur Partylocation umdekoriert. Neben leeren Sektgläsern, die auf ihre Befüllung warten, stehen auch kleine Schüsseln mit Knabbereien auf dem Besprechungstisch verteilt. Alle seine Mitarbeiter sind bereits anwesend, als er mit der Champagnerflasche zurückkehrt.

»Welch ein glücklicher Zufall, dass genau im richtigen Moment die Nachricht von der KTU kam«, sagt die Meerkatz gerade, als er den Raum betritt. »Dass wir die DNA unter Eskes Fingernägeln sicherstellen und als weiblich identifizieren konnten, hat die Geständnisbereitschaft von Victoria Claasen ungemein erhöht.«

»Ja, also das . . .« Thomsen zwinkert ihr ein wenig durchtrieben zu. »Kann sein, dass ich da ein wenig geflunkert habe.«

Sophie starrt ihren Chef nun überrascht an. »Das war gefakt? Wir haben noch gar keine Info?«

Als Antwort bekommt sie lediglich ein Schulterzucken, weil sich jener nun der Champagnerflasche widmet.

»Er kann eben manchmal ein richtiger Hund sein, unser Rüde«, kichert Svenja.

»Na, na, na«, tadelt Thomsen mit gespielter Strenge und lässt den Korken knallen.

Manchmal muss man bloß warten, bis sich der Nebel lichtet

EINE WOCHE SPÄTER

54

»Ist Robert eigentlich wieder auf freiem Fuß?«, fragt Svenja, als Sophie den knallgelben Pick-up vor dem Friedhof parkt.

»Nein. Ich habe vorhin mit dem Staatsanwalt telefoniert, der ist nicht überzeugt von seiner Geschichte. Er sagt, die Schleifspuren auf Ingas Beinen könnten auch daher kommen, dass er sie auf die Seebrücke hinausgezogen hat. Er hätte sie ins Wasser schubsen oder ziehen können, und in ihrem Zustand hätte sie keine Chance gehabt.«

»Und du?«, hakt Svenja nach, während sie auf den Friedhofseingang zugehen. »Glaubst du ihm?«

»Ja, ich glaube ihm«, sagt Sophie. »Aber was nun weiter mit ihm passiert, entscheidet das Gericht.«

»Dann braucht er wohl einen Anwalt, der nicht die Interessen seiner Mutter vertritt.«

»Das denke ich auch.«

»Ich hab gehört, dass Dr. Martinen ihn vertreten soll«, sagt Svenja mit einem gewissen Unterton.

»Ach, ja?«

»Jetzt tu bloß nicht so . . . mir hat ein Vögelchen gezwitschert, dass jemand nach einem guten Strafverteidiger gefragt hat.«

Sophies Wangen nehmen ein wenig Farbe an.

»Okay, erwischt. Ich mags eben nicht, wenn Menschen für mehr bestraft werden, als sie tatsächlich getan haben. Dieser Robert ist ja fast noch ein Kind. Und zu einem fairen

Prozess gehört ein halbwegs kompetenter Anwalt.«

»Da hast du recht«, stimmt Svenja zu. »Mit dieser Mutter hatte er es sicher nicht leicht. Ich bin sehr erleichtert, dass wir ihr auf die Schliche gekommen sind.«

»Ich auch. Gut, dass sie letzlich voll geständig war, wenn auch nur, um Strafminderung zu erhalten.« Sophie schüttelt sich innerlich, wenn sie an Victoria Claasen denkt. Diese Frau strahlte etwas Menschenverachtendes aus. Ganz sicher hatte sie nach dem Mord keine einzige schlaflose Nacht gehabt. Zum Glück war sie gegen den DNA-Beweis unter Eskes Fingernägeln, der zwei Tage später tatsächlich eintraf, machtlos.

Das Geständnis selbst brachte nicht mehr viel Neues, bloß die Bestätigung dessen, was sie ohnehin vermutet hatte. Victoria Claasen hatte die erpresserischen Briefe an ihren Sohn abgefangen. Nach dem ersten wollte sie mit Robert sprechen, doch sie traf ihn zu Hause nicht an und er reagierte auch nicht auf ihre Anrufe. Später kam Ingas Tod in allen Zeitungen, und ihr Junge hatte sich mittlerweile in seinem Zimmer eingeigelt. Er war alkoholisiert und weigerte sich, mit ihr zu sprechen.

Als dann der zweite Brief kam, fühlte sie sich in ihrer Annahme bestätigt. Sie ging davon aus, dass die Anschuldigungen stimmten, dass Robert das schwangere Flittchen, wie sie Inga nannte, beseitigt hatte, weil es das war, was sie selbst auch getan hätte. Weil ihr Sohn sich in seinem Zimmer eingeschlossen hatte und überhaupt nicht mehr zugänglich war, beschloss sie, die Sache mit der *nächsten kleinen Schlampe* selbst in die Hand zu nehmen. Zum Schutz ihres Sohnes und des guten Rufs des Hotels.

Sie hatte tatsächlich eine Sporttasche voller Geld bei sich, als sie Eske an der Schobüller Seebrücke traf. Allerdings auch einen mit einem starken Schlafmittel versetzten Champagner und zwei Gläser, um mit der jungen Erpresserin auf ihren neuen Reichtum anzustoßen. Diesen

Punkt konnte Sophie zuerst kaum glauben, aber Victoria Claasen berichtete völlig emotionslos, dass Eske sich geehrt und bestätigt gefühlt habe und das edle Getränk mit einer Art Siegerstolz hinunterkippte. Doch anstatt anschließend müde zu Boden zu sinken, sei sie lediglich ein paarmal gestolpert und habe sich nach Kräften gewehrt, als sie ins Wasser gestoßen wurde. Es wäre kein Leichtes gewesen, die Sache zu Ende zu bringen.

Sophie bekommt immer noch eine Gänsehaut, wenn sie an die Gleichmütigkeit denkt, mit der die Mutter eines neunzehnjährigen Jungen über den Mord an einem sechzehnjährigen Mädchen sprach. Auch wenn es sich bei jenem um eine Jugendliche handelte, die ihre Gier mit einer bemerkenswerten Rücksichtslosigkeit über alles andere stellte.

»Ingas Familie tut mir so leid«, sagt Svenja, als sie auf die kleine Kirche in der Mitte des Friedhofs zusteuern, und unterbricht damit Sophies dunkle Gedanken. »Sein Kind auf seinem letzten Weg zu begleiten – ich glaube, etwas Schrecklicheres gibt es nicht.«

Sophie nickt und wechselt das Blumenbouquet von der rechten in die linke Hand, um Ingas Familie zu begrüßen, die vor der Kirche in einem kleinen Grüppchen zusammensteht. Sie kondoliert und überreicht der vom Leid gezeichneten Frau die Blumen.

Anschließend gesellen sie und Svenja sich zu Jasper, der mit seiner Mutti und Thomsen an der Friedhofsmauer zusammensteht.

»Es sind viele Menschen gekommen, und zu Eskes Begräbnis morgen werden noch mal so viel kommen«, stellt Jasper fest, während er seine Blicke über die Trauergäste schweifen lässt.

»Der Sven wollte auch kommen«, sagt Ella Hinrichs mit einem Seitenblick auf Bjarne Löffen, »aber das habe ich ihm ausgeredet.«

»Ist besser so«, brummt Thomsen. »Sonst gibt das hier noch 'ne Schlägerei.«

Nach der Zeremonie steht plötzlich Anna Löffen vor Sophie.
»Ich möchte Ihnen danken«, sagt sie. »Für Ihre Hartnäckigkeit. Robert hat uns aus der Haft einen langen Brief geschrieben, der ehrlich und aufrichtig klingt. Irgendwie hilft es uns, mit Ingas Tod besser umzugehen.«
»Wie geht es Ihrer Mutter?«
»Nicht so gut. Sie weint viel und wir haben echt Angst, sie allein zu lassen. Seit drei Tagen wohnt sie bei Bjarne. Sein Haus ist groß genug und seine Frau bekommt in wenigen Wochen ihr Baby. Wir hoffen sehr, dass ihr das helfen wird. Nun muss ich eine sehr verständnisvolle Mieterin für das Haus finden, also falls Sie jemanden wissen . . .«
»Ich verstehe nicht, warum verständnisvoll?«
»Die Mutti mag ihr Häuschen nicht verkaufen, sie kann Ingas Zimmer auf dem Dachboden nicht aufgeben. Also will sie nur die unteren Räume vermieten, damit das Haus bewohnt und gepflegt wird, und sich jemand um den Garten kümmert.«
»Ich verstehe . . .« Sophie kratzt sich an der Nase, wie immer, wenn sie ein wenig unschlüssig ist.
»Entschuldigung, ich will Sie damit nicht belästigen. Danke, dass Sie gekommen sind.« Anna reicht ihr die Hand.
»Würde Ihre Mutter an mich vermieten?«
»An Sie?« Die Überraschung steht Anna ins Gesicht geschrieben.
»Ja. Ich wohne derzeit in einem Wohnwagen, und mir würde ein Häuschen mit Garten gefallen.«
»Oh. Nun dann, sehr gerne. Aber ich hab Ihnen noch gar nicht gesagt, wie viel es kosten . . .«
»Es wird nicht die Welt sein«, unterbricht Sophie.

»Nein.« Anna lächelt. »Ganz sicher nicht.«

Svenja Tades, Jasper Hinrichs und seine rüstige Mutti stehen etwas abseits und beobachten Sophie bei der Unterhaltung mit Anna Löffen.
»Wie hat sie sich denn eingelebt? Was ist euer Eindruck?«, will Ella Hinrichs wissen.
»Nicht schlecht«, antwortet Jasper. »Ich denke, der Start war ein wenig holprig, aber nun läufts ganz gut . . .«
»Also, ich bin auf jeden Fall froh, dass wir sie haben. Sie bringt frischen Wind mit und 'ne Ladung Frauenpower! Das hat unser Team echt gebraucht«, plappert Svenja munter drauflos und sieht Jasper frech an.
»Hey . . .«
»Und der Rüde? Wie geht es mit ihm?«, hakt Mutti Hinrichs neugierig nach. »Vertragen sich die beiden mittlerweile?«
»Ja.« Svenja lacht hinter vorgehaltener Hand. »Wie Hund und Katz!«
Eine Weile stehen sie schweigend und schauen zu den anderen Trauergästen hinüber.
Mit einem Mal kichert Jasper los.
»Was ist?« Seine Mutti boxt ihn in die Seite und wirft einen demonstrativen Seitenblick auf die Trauernden.
»Mann, jetzt kapier ich das.« Er gluckst. »Weil er *Rüde* heißt und sie *Meerkatz*.«
Seine Schultern zucken und er muss sich auf die Lippen beißen.
Svenja schüttelt bloß den Kopf und verdreht theatralisch die Augen.

55

»So, das war der letzte.« Jasper hievt den größeren der beiden Trolleys auf die Ladefläche von Sophies Pick-up. »Und das hier ist von der Mutti.«

Er stellt ein kleines Apfelbäumchen im Topf daneben.

»Das ist zum Auspflanzen und ich soll ausrichten, sie ist untröstlich, dass sie beim Abschied nicht dabei sein kann, und ich darf dich erst wegfahren lassen, wenn du versprichst, nächstes Wochenende zum Essen zu kommen.«

Sophie schmunzelt. Das war ein langer Satz. Der längste, den sie von Jasper je gehört hat.

»Das mach ich sehr gerne. Sag ihr vielen Dank für das Bäumchen. Ich werde nun hier mein letztes Glas Rotwein trinken und mich auf meine Art von diesem Platz verabschieden.«

Sie setzt sich ein letztes Mal auf den wackeligen Klappstuhl und schenkt sich ein Glas ein. »Willst du mir Gesellschaft leisten?«

»Würde ich gern, aber leider warten neue Gäste an der Rezeption.«

»Geh nur.« Sophie lächelt ihm zu. »Wir sehen uns morgen im Büro.«

»Kein Problem?«, fragt Jasper noch mal nach.

»Ganz sicher kein Problem.« Sie streckt entspannt ihre Gliedmaßen von sich und lässt sich die Abendsonne ins Gesicht scheinen. Dies ist der erste Abend, an dem sie ihre

Heimatstadt nicht vermisst. Sie freut sich auf ihr neues Zuhause. Es ist das erste Mal überhaupt, dass sie einen Garten haben wird.

Ein Maunzen reißt sie aus ihren Gedanken. Der kleine schwarz-weiße Kater springt ihr mit einer Selbstverständlichkeit auf den Schoß.

Sie streichelt ihn und überlegt noch eine letzte Zigarette hier zu rauchen, als plötzlich ein Schatten auf ihr Gesicht fällt.

»Haben Sie für mich auch ein Glas?«

»Herr Hauptkommissar, was für eine Überraschung! Nehmen Sie Platz.« Sophie deutet auf den zweiten Stuhl, der noch weniger vertrauenerweckend aussieht als der, auf dem sie sitzt. »Aber vorsichtig.«

Sie steht auf, um ihm ein Glas zu holen, was der Kater mit einem empörten Maunzen quittiert.

»Wie heißt Ihre Katze?«

»Das ist nicht meine Katze. Und *er* hat noch keinen Namen.« Sophie schenkt ihrem Chef ein Glas Rotwein ein und stellt es ihm hin. Kaum setzt sie sich wieder hin, springt der kleine Kater neuerlich auf ihren Schoß.

»*Er* sieht das offenbar anders.«

Sophie zuckt die Schultern. Dann grinst sie.

»Ist eben ein Männchen.«

Thomsen grinst auch. Er hebt sein Glas. »Ich bin übrigens der Rüdiger. Meine Freunde nennen mich Rüde.«

»Sophie.« Sie stoßen an und trinken.

Die Stille danach breitet sich aus.

Thomsen kratzt sich verlegen hinter dem Ohr.

»Nun denn, alles Gute zum Umzug. Ist dann ja auch näher zum Büro.«

»Ja, viel näher«, stimmt Sophie zu.

»Und mehr Platz hast du dann auch.«

»Ja, viel mehr Platz.«

Die Unterhaltung plätschert in diesem Stil eine Weile

dahin, und sie ist erleichtert, als ihr Chef sich, unter dem Vorwand, noch etwas mit Mutti Hinrichs besprechen zu müssen, wieder verabschiedet.

* * *

Sophie schiebt den Pick-up rückwärts in den Vorgarten ihres neuen Domizils. Der Abstellplatz ist nicht überdacht, aber zumindest vorhanden. Sie sperrt die Eingangstür auf und bleibt überrascht stehen. Anna hat hier ganze Arbeit geleistet.

Bis auf die Küche, den Esstisch und die Couch ist das gesamte Erdgeschoss leer. Der helle Holzboden und die großen Sprossenfenster schaffen eine zauberhafte Stimmung. Am anderen Ende des Raumes führt eine Terrassentür hinaus ins Freie.

Sophie öffnet sie und sieht sich um. Man sieht dem Garten an, dass er vernachlässigt wurde. Zwischen einer riesigen alten Eiche und einer Hängebirke wuchern Gras und Büsche um die Wette. Sophie schlüpft aus ihren Sandalen und tappt vorsichtig mit bloßen Füßen auf die Wiese. Es kitzelt, aber es gefällt ihr. Sie wird diesem Fleckchen Grün ihren ersten freien Tag widmen.

Ein nerviges Hupen ertönt von der Straße. Laut und anhaltend.

Als sie nachsehen geht, entdeckt sie Thomsen, der mit seinem Land Rover mitten auf der Straße steht und winkt.

Sophie verzieht das Gesicht zu einem gezwungenen Lächeln. Anhängliche Vorgesetzte sind gar nicht ihr Fall. Was will er denn noch?

»Du hast etwas vergessen!«, ruft er ihr entgegen.

Ach nein, jetzt steigt er auch noch aus.

»Nee, ich vermisse nichts«, ruft sie zurück.

»*Er* aber schon!«

Thomsen bückt sich und legt etwas in ihrem Vorgarten ab. Ehe sie kapiert, was los ist, stürmt der kleine schwarzweiße Kater auf sie zu.

Thomsen sieht der Wiedersehensszene kurz zu und stapft dann zu seinem Wagen zurück. Bevor er einsteigt, dreht er sich noch mal um.

»'S wird Zeit für 'n Namen!«

Nachwort der Autorin

Liebe Leserinnen und Leser,

an dieser Stelle möchte ich mich sehr herzlich für die Unterstützung bei meinen Freunden, Testlesern und Lektoren sowie den Experten der Kriminalistik und der Medizin bedanken – und natürlich bei Ihnen, liebe Leserinnen und Leser!

Als Autorin freue ich mich, wenn ich Ihnen ein paar spannende und unterhaltsame Stunden bescheren konnte.

Wenn es Ihnen gefallen hat, würde ich mich über eine Rezension bei Amazon sehr freuen. Ein großes **DANKE** all jenen, die sich kurz Zeit nehmen und ein paar Worte schreiben!

Für jene, die wissen wollen, wie es mit **Rüde & Meerkatz** weitergeht und auch über alle anderen Neuerscheinungen informiert werden wollen: Besuchen Sie meine Website und tragen Sie sich für den Newsletter ein.

www.anneamrum.de

Einmal im Monat erhalten Sie dann spannungsgeladene Post!

Anne Amrum, Juni 2021

www.anneamrum.de
E-Mail: moin@anneamrum.de

Die Nordsee Kommissare
gibt es jetzt auch als
Hörbücher!

Erhältlich fast überall, wo es Hörbücher gibt!

a   Thalia   audible   BookBeat

Es geht spannend weiter ...

mit dem zweiten Fall von Rüde & Meerkatz!

TATORT NORDSEE:
An einem Dienstag im August erschüttert der Fund zweier Frauenleichen an zwei verschiedenen Tatorten das romantisch-pittoreske Hafenstädtchen Husum. Während die eine einsam und völlig zurückgezogen gelebt hat, kostete die andere das Leben mit allen Sinnen aus – in ihrer Ehe ebenso wie mit ihren beiden Liebhabern.

Die beiden sind sich nie begegnet und haben nichts gemeinsam. Außer dem Tod. Warum sterben sie am selben Tag, nur wenige Kilometer voneinander entfernt?

Während Hauptkommissar Rüdiger Thomsen und seine neue Kollegin Sophie Meerkatz im Dunklen tappen, nimmt das Unheil unerbittlich seinen Lauf. Langsam aber sicher bekommen die Ermittler das Gefühl, dass sie es hier mit einem Wettlauf gegen die Zeit zu tun haben.

Erhältlich auf AMAZON!

NEU VON ANNE AMRUM

SoKo Nord – Eine Leiche im Leuchtturm

TATORT SYLT

Eine männliche Leiche in einem Leuchtturm sorgt für Aufregung auf Sylt. Die SoKo Nord übernimmt den Fall auf der beliebten Ferieninsel, doch die Ermittlungen gestalten sich schwierig. Einziger Lichtblick ist die Tatsache, dass der Tote für die Polizei kein Unbekannter ist – er ist seit zwei Jahren auf der Flucht. Warum kehrt er nach Sylt zurück? Und wer fühlte sich dadurch bedroht?

Oberkommissar Max König, der unkonventionellste Ermittler im Team, kann den endlos langen Sanddünen des roten Kliffs jedenfalls nichts abgewinnen. Er hasst Sand und Wind und von beidem gibt es viel auf Sylt. Erschwerend kommt hinzu, dass ihm eine Kriminalpsychologin zur Seite gestellt wird, die seine Nerven bis zum Zerreißen strapaziert.

Kriminalhauptkommissarin Hilla Ahrend hat Mühe, ihre Truppe zusammenzuhalten, denn die Neue mag vieles sein – eines ist Ebba Blum jedoch mit Sicherheit nicht: teamfähig. So sind Konflikte vorprogrammiert und auch der Humor bleibt nicht auf der Strecke.

Dies alles vor der faszinierenden Kulisse von Küste, Strand und Meer.

Erhältlich auf Amazon!

Printed in Dunstable, United Kingdom